LEGATUM

TEIL I – ZEHN

DENNIS DI MARIO

Eine jede Geschichte beherbergt einen Funken Wahrheit, mal kleiner und mal größer. Jede Geschichte hat auch ihren Ursprung, den es zu ergründen gilt. Dann findet man den Weg der Wahrheit und der Erkenntnis. Die große Herausforderung dabei liegt im Annehmen der Beweise, die Thesen untermauern oder in einem neuen Licht erscheinen lassen. Dieses Buch bietet genügend Anreize dafür...

Dies ist der erste Teil der Trilogie LEGATUM. Der Beginn einer großen Reise zu einem verborgenen Schatz der Menschheit. Folgen Sie Elias Stiermann, Anne Lloyd und Professor Pierre Lefoé auf dem größten Abenteuer ihres Lebens! Vielleicht wird es ja auch Ihres?

Besonderer Dank gilt Monika, Ute, Felix und Frank für ihre große Unterstützung, die anregenden Gespräche im Vorfeld und während der Entstehung des ersten Teils. Ich freue mich auf die folgende Zeit mit Euch und die Fortführung der Geschichte!

LEGATUM

- DAS VERMÄCHTNIS -

Diese Geschichte wird Dich gefangen nehmen,
all Dein Wissen in Frage stellen,
Dir alles nehmen, woran Du glaubst,
sie wird Dich zweifeln lassen,
reißt Dir den Boden unter Deinen Füßen weg,
lässt Dich fallen und fängt Dich wieder auf,
öffnet Dir Deine Augen und lässt neue Horizonte erscheinen.

Aber eins macht diese Geschichte nicht:
Dich jemals wieder loslassen!

DENNIS DI MARIO

- DM -

„IHR HABT DIE WAHRHEIT SO OFT VERFÄLSCHT,
DASS IHR IN EINEM NETZ AUS LÜGEN LEBT."

LEGATUM

- DAS VERMÄCHTNIS -

PROLOG

Demokratische Republik Kongo, Privatcamp am Fluss

Der Abend senkt sich über den Dschungel des Kongos und hüllt alles in Dunkelheit. Ein sportlich gebauter Mann von Ende dreißig sitzt an seinem Legerfeuer vor dem Zelt und lässt die letzten Tage Revue passieren:

Was waren das für zwei Tage! Sie stellen alles Bisherige in den Schatten. Selbst meine eigenen Erwartungen und die kleinen Funde. Als ich vor knapp einem Jahr aus meinem Alltag ausstieg und hierher kam, um nach Gold zu schürfen, hatte ich nicht einmal im Ansatz die Vorstellung, was mich hier erwarten würde. ...und jetzt können alle Wünsche und Träume wahr werden. Jedenfalls sieht es so aus.

Wie gut, dass ich noch mal genauer hingeschaut habe! Gestern Abend, als ich gerade alles einsammeln und aufbrechen wollte, stand ich im Fluss und sah dieses Funkeln zwischen den Steinen. Als würde mich jemand dazu auffordern, schaute ich nach. Bewegte ein paar Steine im Flussbett beiseite und dann entfaltete die erste Platte ihren vollen Glanz. Ich hob sie aus dem Wasser und schaute sie mir genauer an: eine Zigarettenschachtel große Goldplatte mit seltsamen Zeichen. Ich wollte losgehen, da bemerkte ich eine weitere, gleich daneben liegend. Sie ähnelte der anderen und ich packte beide in das Leinentuch, um sie am nächsten Tag dem Goldhändler im Dorf zu zeigen. Als ich heute früh da ankam und sie ihm zeigte, war er ganz aus dem Häuschen. Er wunderte herum, fragte mich immer wieder, woher ich sie hätte und machte ein paar Fotos. Er sagte nur, dass er sie zum Schätzen braucht, weil er recherchieren muss. Morgen solle ich noch einmal zu ihm kommen, dann kann er mir mehr sagen. Also ging ich zurück zu meinem Lagerplatz. Auf dem Heimweg machte ich noch einmal Rast an der Fundstelle und schaute nach, ob nicht noch mehr dieser Goldplatten im Fluss verscharrt sind. Aber es waren die Einzigen.

Sie müssen sehr viel wert sein, sonst hätte er nicht solch einen Wind gemacht. Wenn das der Fall ist, dann kann ich übermorgen das Lager abbauen und zurück in die Heimat reisen. Endlich ein neues Leben beginnen!

Er schaut sich noch einmal die Goldplatten in seinen Händen an. Seltsame Hieroglyphen sind auf ihnen aufwendig eingraviert. *Ich habe solche Zeichen noch nie gesehen. Wie alt mögen sie sein und vor allem, wo kommen sie her? Scheinen die alten Legenden doch wahr zu sein, die sich die Einheimischen hier erzählen. Große Goldschätze sollen im Dschungel zu finden sein. Vielleicht kehre ich sogar mit ein paar Freunden zurück und wir begeben uns auf die Suche danach. Das wären auf alle Fälle ein großes Abenteuer und ein Plan für die Zukunft. Finanzieren kann ich es mit dem Geld, das ich für die zwei kleinen Platten bekomme. Wenn wir den Schatz finden, haben wir für alle Zeiten ausgesorgt.*

Zufrieden und glücklich wickelt er behutsam die Platten in das Leinentuch und begibt sich ins Zelt. Dort macht er mit einer Petroleumlampe Licht und überlegt, wo er das Leinentuch mit den Goldplatten am Besten verstecken kann. Zuerst verscharrt er es unter der Ausrüstung. Doch nach einem kurzen Überlegen nimmt er es wieder heraus und legt sie unter die Pritsche. Dort, wo sie gestern Nacht ebenfalls lagen. *Wer soll hier schon herkommen? Dreieinhalb Kilometer vom Dorf entfernt...*

Er macht die Lampe aus und legt sich hin. Von draußen schimmert noch die Glut des Lagerfeuers. Er spürt eine innere Unruhe und kann nicht einschlafen. *Ist es die Aufregung, die Vorahnung auf das, was morgen kommen wird? Dass er mir sagt, dass diese Goldfunde mehrere Millionen Dollar Wert sind?* Immer wieder kreisen diese Fragen durch seinen Kopf. Dreimal schaut er dabei unter die Pritsche, ob das Tuch mit samt Inhalt noch da ist. Beim vierten Mal nimmt er es hoch und legt es unter sein Kopfkissen. *Zwar schlafe ich nun etwas härter, aber dafür sind sie sicher!* Die Müdigkeit übermannt ihn und er schläft ein.

Draußen beginnt die Morgendämmerung, als sich zwei menschliche Schatten beinahe geräuschlos dem Zelt nähern. Der Eine öffnet es vorsichtig und tritt leise ein. Hebt die rechte Hand, in der er eine Pistole hält, und drückt dreimal hintereinander ab. Der Mann auf der Pritsche zuckt kurz und bleibt dann regungslos liegen.

„Du solltest ihn nur erschießen und kein Massaker anrichten.", bemerkt der Zweite, als er das Zelt betritt.

„Dreimal ins Herz. Besser und schmerzfreier geht's nicht.", erwidert der Andere stolz.

„Lass uns lieber danach suchen und von diesem Ort verschwinden."

„Gut.", entgegnet der Mann mit der Waffe.

Beide sind in schwarze Anzüge mit schwarzen Hemden gekleidet, die dunklen Haare nach hinten gegelt. Im seichten Licht der Morgendämmerung erwecken sie den Anschein, als wären sie Zwillinge. Sie suchen alles im Zelt durch, finden aber nicht das, was sie hierher bewegte.

„Wo hat der Kerl das nur versteckt? Vielleicht hättest du ihn vorm Erschießen erstmal fragen sollen!"

„Das nächste Mal denke ich daran.", erwidert er und schupst die Leiche von der Pritsche. Er hebt das Kopfkissen hoch und stellt fest: „Ich denke, ich habe es gefunden."

Der Andere hebt das Leinentuch mitsamt Inhalt hoch, faltet es auseinander und sie erblicken die zwei Goldplatten mit den Hieroglyphen.

„Ist es das?", möchte der mit der Waffe wissen.

„Genau das ist es, Auftrag erledigt. Lass uns von hier verschwinden." Er wickelt die Platten wieder ein und steckt alles in seine Anzugtasche. Dann verlassen beide das Zelt und verschwinden in der heller werdenden Morgendämmerung.

LEGATUM

TEIL I – ZEHN

2 Tage später
Flughafen Berlin-Tegel

Elias Stiermann, ein freischaffender Journalist aus Zürich, kommt in die Ankunftshalle, in der das Gepäckband steht. Er ist circa 1,80 Meter groß, von sportlicher Statur und einem markanten Gesicht. Damit kommt er eher nach seinem Vater, wie auch mit den kurzen dunkelblonden Haaren und den blauen Augen. Er ist sportlich elegant gekleidet. Den Dreitagebart trägt er immer, damit das Gleichnis zu seinem Vater nicht so stark ins Gewicht fällt. Immerhin hat er ein tief gespaltenes Verhältnis zu ihm.

Das Laufband steht noch still und er versucht seine Ungeduld zu bändigen. Denn sein Besuch hat einen sehr unangenehmen Grund: sein Vater liegt in der Charité in Mitte im Sterben. Ein schwerer Schlaganfall ist der Grund dafür.

Es wäre schön, wenn es endlich weiter geht. Damit ich das so schnell wie möglich hinter mir habe.

Das Band startet und die ersten Koffer kommen nach oben. Es dauert noch einen Moment, dann ist endlich seiner dabei. Er nimmt ihn vom Band und läuft zum Ausgang. Im Terminal läuft er Richtung Taxipunkt. *Schnell ins Taxi und zur Charité. Hoffentlich komme ich noch rechtzeitig?*

Die Stationsschwester meinte noch am Telefon, dass es sehr dringend sei. Desto eher er da ist, desto besser. So waren ihre Worte am Ende des Telefonats. Danach packte er seine Sachen, nahm ein Taxi und fuhr zum Flughafen.

Kurz vor dem Ausgang klingelt sein Handy. Eine Nachricht von René Lethard über Whats app. René ist am Europäisch Archäologischen Institut in Brüssel in einer leitenden Stellung, speziell für besondere Relikte und Artefakte. Hinzu kommt noch, dass er einer seiner wenigen besten Freunde ist. So oft sie können, treffen sie sich und tauschen wichtige Informationen und Fakten von einschlägigen Ereignissen aus. Sie kennen sich schon seit über 15 Jahren und er war immer wie ein großer Bruder für ihn.

Elias bleibt kurz stehen und ruft die Nachricht auf: ‚Hallo Elias! Es gibt sensationelle Neuigkeiten. Der absolute Hammer! Komme bitte so schnell wie Du kannst nach Brüssel! Wir müssen darüber reden! Hier noch zwei Bilder. Diese Stücke wurden im Kongo gefunden. Melde Dich! Bis dann! René'

Elias traut seinen Augen nicht. Sein Handy lädt zwei Bilder mit goldenen Platten, in denen sorgfältig Hieroglyphen eingraviert sind. *Moment mal, diese Hieroglyphen sehen wie ägyptische aus. Aber was machen sie auf Goldplatten im Kongo?*

Er antwortet ihm und stellt genau diese zwei Fragen. Am Ende der Nachricht schreibt er ihm, dass er spätestens übermorgen nach Brüssel kommen kann. René antwortet, dass er ihm dieses Mysterium nur unter vier Augen erklären kann.

Was ist da los? Er verlässt das Terminal und steigt in das nächste Taxi ein.

Charité Berlin-Mitte, Intensivstation

Elias eilt den Krankenhausflur entlang und öffnet die Tür zur Intensivstation. Dort geht er schnellen Schrittes zum Schwesterzimmer und bemerkt nur kurz zu seiner Rechten einen Mann im schwarzen Anzug und Hemd sitzend. Die Stationsschwester kommt aus ihrem Zimmer und geht auf Elias zu: „Herr Stiermann?"

Elias nickt und stellt, bei ihr angekommen, den Koffer ab und legt seine lederne Umhängetasche darauf.

„Es tut mir leid, sie sind zu spät. Ihr Vater schlief vor circa 40 Minuten ein. Er hatte auf sie gewartet. Mein herzliches Beileid."

„Kann ich ihn sehen, zu ihm?"

Die Stationsschwester führt ihn in das Überwachungszimmer. Dort liegt sein Vater friedlich lächelnd im Bett und um ihn herum noch die ganzen Überwachungsapparate. Er ist aber an keinem mehr angeschlossen.

„Ich lasse sie beide einen Moment alleine.", spricht sie etwas leise zu Elias und streicht ihm über die rechte Schulter. Dann geht sie zum Überwachungsfenster und schließt die Jalousien. Kurz darauf klackt die Tür leise ins Schloss.

Elias steht am Bett und schaut seinen Vater regungslos an. Seine Augen wirken leer und sein Blick scheint durch den Toten hindurch zu gehen.

Nur vierzig Minuten. Manchmal können sie doch viel mehr bedeuten, als ein Jahr oder Leben. Eine Maschine früher und ich wäre noch pünktlich hier gewesen. Ich hätte diesen Artikel gestern Nacht nicht mehr zu Ende schreiben dürfen. Nun, zum ersten Mal in meinem Leben, bin ich zu spät. Er setzt sich auf die Bettkante und nimmt die linke Hand von ihm.

Wir beide hatten noch so viel zu bereden, Missverständnisse aus dem Weg zu räumen und endlich Frieden zwischen uns zu schließen. ...und das alles ist nicht möglich, wegen vierzig Minuten.

Er senkt den Kopf und stützt ihn mit seiner linken Hand ab, in der anderen noch die Hand des Vaters haltend. *Was haben wir falsch gemacht? Warum haben wir nicht den Weg zueinander gefunden? War mein Hass am Ende zu groß und dein fehlendes Verständnis für mein Leben zu gewaltig? Wir standen uns wie zwei Gebirgsmassive gegenüber und keiner wollte einen Pass frei geben, damit der Andere zu ihm gelangen kann. Das hät-*

ten wir tun sollen. Unsere Zeit besser nutzen, um einander besser zu verstehen.

Er hört draußen die etwas lauter und energisch klingende Stimme der Stationsschwester: „Sie können ihn sprechen, wenn er wieder herauskommt. Haben sie doch etwas mehr Respekt vor ihm und dem toten Vater!"

„Es wäre schöner gewesen, wenn er früher den Respekt aufgebracht hätte.", antwortet darauf laut eine Männerstimme. Dann geht die Tür auf und der Mann im schwarzen Anzug und Hemd mit ebenso schwarzer Krawatte tritt ein. Elias dreht sich um und erkennt nun den Familienanwalt, der damals seine Eltern schied.

Er steht auf und sagt zur Schwester: „Ist schon in Ordnung. Es ist der Anwalt meines Vaters."

Der öffnet seinen schwarzen Aktenkoffer und nimmt einen dicken großen Umschlag heraus und drückt ihn Elias in die Hände: „Darin befindet sich das Familienerbe, welches einst deinem Großvater gehörte. Du solltest es gut hüten, seinen Wert schätzen und respektieren. Du bist der Alleinerbe." Er schließt seinen Koffer. „Dein Vater hat es so gewollt. Er hat auch alles Andere noch vorher in die Wege geleitet, bevor er starb. Er lag ja schon seit gestern hier."

Die Stationsschwester, die ihm in den Raum folgte, unterbricht ihn: „Nun ist aber mal genug! Der Mann hat seinen Vater verloren und außerdem wollte er es so, dass wir seinen Sohn nicht informieren. Ich habe ihn mehrmals gefragt. Erst, als er merkte, dass es zu Ende geht, hatte er den Wunsch. Wir wollen schon bei der Wahrheit bleiben."

„Nun gut.", reagiert der Anwalt pikiert. „Dann noch mein herzliches Beileid!"

Er dreht sich um, schaut die Stationsschwester noch einmal

böse an und verlässt den Raum und die Station.

„So ein ungehobelter Kerl!", platzt es aus ihr heraus.

„Schon gut. Wir hatten beide nie ein gutes Verhältnis zueinander. Aber das ist jetzt egal... Trotzdem vielen Dank!"

„Nicht dafür. Ich lasse ihnen noch ein bisschen Zeit mit ihrem Vater." Dann geht auch sie aus dem Zimmer und schließt die Tür.

Elias schaut den Umschlag an und setzt sich wieder zu seinem Vater auf die Bettkante.

Der Anwalt verlässt die Klinik und geht zu seinem Auto. Als er die Tür öffnet, nimmt er sein Handy und wählt eine Nummer.

Kurz darauf informiert er jemand: „Der Umschlag ist übergeben und das Geheimnis damit nicht mehr sicher. ...Ich bin mir da ganz sicher, ich kenne seinen Sohn!"

Berlin-Pankow
Familienvilla der Stiermanns

Elias geht in den Vorgarten, als das Taxi losfährt. *Alles schaut noch wie vor sieben Jahren aus, als ich das letzte Mal hier wahr. ...und da sah es schon wie damals aus, als ich das Haus verließ.*

Er geht die Treppe hinauf und schließt die Haustür auf. Im Eingangsflur stellt er erstmal neben den alten Lehnenstuhl seinen Koffer ab, die Tasche stellt er daneben. Sein Blick schweift über die Treppe zur Galerie. Dann geht er die Stufen nach oben und öffnet direkt gegenüber die Zimmertür. Als er das Zimmer betritt, atmet er tief durch. Es ist sein altes Kinder- und Jugendzimmer. Die schweren Eichenschränke, das Bett, der alte Schreibtisch mit dem Lehnenstuhl und die Poster und Bilder von alten Ausgrabungsstätten. *Er hat damals alles ver-*

sucht, mir das Buddeln schmackhaft zu machen. Ein Grinsen geht über seinen Mund und er schüttelt dabei leicht den Kopf. *Er hat wirklich alles so gelassen. Ganz wie Mutter es wollte. So, als wenn ich jederzeit wieder zurückkehren würde. Leider ist sie dann diejenige gewesen, die gegangen wurde.*

Elias geht zurück auf die Galerie und die Treppen hinunter ins Erdgeschoss. Er zieht das Sakko aus und legt es über den Lehnenstuhl. Dann geht er durch die gläserne Schiebetür ins große Wohnzimmer. *Auch hier hat sich nichts verändert. Beständigkeit war immer sein Motto, alles hat seinen Platz. ...und da blieb es auch. Außer seine Ehefrau.* Er setzt sich auf die Lehne des großen Ledersessels, einem von vieren. Sein Blick schweift durch den großen Raum und er kann nichts erkennen, was der Vater in den letzten sieben Jahren verändert hätte. *Selbst auf der Terrasse und im hinteren Garten ist alles noch so wie früher.*, stellt Elias beim Blick aus den großen Fenstern fest. Er steht auf, öffnet die Terrassentür und geht hinunter in den Garten. An der großen alten Eiche hängt noch immer seine Schaukel. Als er darauf Platz nimmt und zur Terrasse schaut, kommen ganz alte Erinnerungen wieder hoch: *Dort oben saßen sie immer, Vater und Großvater, und unterhielten sich angeregt über die Ausgrabungen. Mutter kam dann manchmal mit etwas zu Trinken und zu Essen heraus, damit sie sich und ich mich stärken konnten. Sie hatte so ein bezauberndes Lächeln, bei dem man alle Sorgen und Nöte vergaß. Sie war eine wunderbare Frau. Großvater mochte sie sehr. Nicht nur, weil sie sich so lange um ihn kümmerte, sondern weil er eigentlich immer noch eine Tochter haben wollte. Sie war sozusagen sein Ersatz. Mir fällt gerade ein, manchmal war auch ein Mann in einer langen braunen Kutte dabei. Dann waren die Gespräche besonders intensiv und auch emotional. Der Mann sagte im-*

mer wieder einmal zu Vater, dass er sich unbedingt auf diese Reise begeben möchte. Doch der erwiderte nur, dass er es machen würde, wenn die rechte Zeit dafür gekommen ist. Soweit ich weiß, war er auf vielen Reisen, aber nicht auf dieser, die ihm der Mann ans Herz gelegt hatte. Was auch immer das für eine war und vor allem wohin? Ich habe es nie erfahren. Ich weiß auch noch, dass Vater und Großvater sich kurz vor der Scheidung heftig hier stritten. Mutter war da schon nicht mehr im Haus. Großvater meinte bei dem Streit nur, dass er sie in das Geheimnis einweihen würde. Daran kann ich mich noch genau erinnern. Acht Monate nach der Scheidung starb sie bei einem mysteriösen Autounfall. Dabei war sie eine sehr gute Fahrerin, besser als Vater. Na ja, sie musste hier ja auch alles erledigen, während er auf Ausgrabungstouren mit seiner Assistentin war. Wobei er das mit den Ausgrabungen, gerade bei ihr, etwas zu tiefgründig vollzogen hatte. Sie war schließlich der Grund für die Scheidung. Während Mutter schön brav hier zu Hause alles managte, amüsierte er sich neben den Ausgrabungen mit seiner Assistentin. Was für eine Zeit? Seitdem begann die Kluft zwischen uns zu entstehen und nach Mutters Tod wurde sie immer größer und tiefer. Er hatte ja nicht einmal die Zeit, zu ihrer Beerdigung zu kommen. Ich sehe es noch genau vor mir, wie Großvater und ich alleine, neben der ganzen Verwandtschaft zwar, am Grab von ihr standen. Dennoch fühlten wir beide uns voll und ganz alleine. Großvater war selbst schon schwer krank und starb vier Monate nach ihr. Wie oft hat er im Pflegebett bedauert, dass sein Sohn kaum Zeit für ihn habe und er doch in Frieden gehen wolle. Nach dem langen Besuch von Vater starb er dann auch. Er hatte seinen Frieden gefunden. ...und ging zu Mutter und seiner Frau, wie er immer sagte.

Elias sitzt in Gedanken versunken auf der Schaukel und scheint über die Terrasse durch das Haus zu blicken. *Wer war dieser Mann in der Kutte?*

Von diesem Gedanken getrieben, steht er auf und geht wieder ins Haus. Bevor er die Terrassentür schließt kommt ihn noch etwas in den Sinn: *Irgendetwas mit P war es. Sagte Großvater nicht Pater zu ihm? – Ich weiß es nicht mehr genau.*

Er geht an die Hausbar unter dem Flachbildschirm und nimmt sich einen Whisky. Nachdem er einen Schluck genommen hat, geht er mit dem Glas in den Flur zurück und in das untere Badezimmer. Beim Anblick der Dusche kommt ihm der Gedanke, dass er sich erst einmal frisch machen sollte. Immerhin ist er seit heute früh um halb fünf auf den Beinen. Jetzt ist es mittlerweile halb sieben abends. Doch der Gedanke an den Mann in der braunen Kutte lässt ihn nicht in Ruhe. Er geht zurück in den Flur und von da aus in das Arbeitszimmer seines Vaters. Zur rechten und linken vorn die großen Bücherregale, die bis unter die hohe Decke reichen. Elias empfand das Zimmer früher schon immer wie eine Bibliothek. Nur dass hier alles voller Bildbänden und Archäologiebänden und –aufzeichnungen voll steht, gesammelte Werke aus zwei Generationen. Hinten am großen Fenster steht der schwere Eichenschreibtisch mit den vielen Verzierungen. Auf dem Tisch sieht er das Bild seiner Mutter, davor eine rote Rosenblüte in einem kleinen Wasserglas. *...und ich dachte immer, dass er sie gar nicht wirklich liebte. Sie nur nahm, weil sie aus einem Gutsituierten Hause kam und die Werte und Normen vertrat, wie er sie kannte. Vor allem die familiären. Nachdem seine Assistentin ihm vor sieben Jahren einen Korb gab, scheint er sich der Liebe zu ihr wieder besonnen zu haben.* Die Blüte ist noch frisch und muss erst vor drei vier Tagen dorthin gestellt worden sein. *Ich bin sogar so-*

weit gegangen, dass ich ihn für ihren mysteriösen Tod schuldig gesprochen habe. Ich hätte mehrmals, als nur einmal im Monat, mit ihm telefonieren sollen. Vor allem auch herkommen müssen. Wir haben viel wertvolle Zeit vergeudet. Ich mehr, als er. Jedenfalls was uns Beide betrifft. Deshalb war auch der Anwalt so giftig.

Sein Blick schweift zur Wand rechts neben dem Fenster. Dort hängen weitere Bilder. Unter anderem eins, auf dem der Großvater und sein Vater mit dem Mann in der braunen Kutte drauf sind und im Hintergrund seine Mutter. Es wurde auf der Terrasse des Hause gemacht und er weiß nun auch, wer das Foto schoss: er selbst. Elias nimmt es von der Wand und dreht es um. Als er auf der Rückseite des Rahmens kein Hinweis finden kann, nimmt er das Bild aus ihm heraus und sieht auf der Bildrückseite die gewünschte Information: Großvater, Leonore, Pater Pedro und ich, von Elias fotografiert. Er lehnt sich an den Schreibtisch und starrt das Bild an. *Pater Pedro hieß er also und Vater hat, wie gewohnt, alles genau auf der Rückseite des Bildes festgehalten. Danke!*

Elias nimmt das Bild, trinkt einen Schluck vom Whisky und geht in den Flur zurück. Dann stellt er das Glas auf die Kommode mit dem großen Spiegel ab, geht an seinen Koffer und nimmt das Waschzeug heraus. Unter der Dusche widmet er sich erstmal einer willkommenen Erfrischung. Während dessen vibriert sein Handy mehrmals. Nach einer kurzen Stille wieder, so dass es aus der Sakkotasche auf die Sitzfläche des Stuhles fällt. Ein weiterer Anruf und es rutscht unter das Sakko.

Er kommt aus der Dusche, mit dem Handtuch um den Bauch herum, trinkt einen weiteren Schluck und nimmt den Umschlag aus der Tasche. Im Wohnzimmer macht er es sich in einem der Ledersessel gemütlich und öffnet das große und schwere Kuvert.

Er zieht das Sparbuch, ein dickes ledernes Notizbuch und ein weiteres Buch, ebenso in Leder eingebunden mit goldenen Verzierungen auf dem Cover und dem Titel LEGATUM, ebenfalls in Gold gehalten, heraus. Er ist erstmal überfordert und widmet sich dem Sparbuch: 450.000 Euro. *Das und das Haus dazu ist eine ordentliche Summe.* Als er das Notizbuch aufschlägt, erkennt er die Handschrift seines Großvaters, in Altdeutsch. *Es ist sein Tagebuch, von dem er mir einmal erzählte und sagte, dass ich es zur rechten Zeit in die Hand bekomme und mich irgendwann auf eine interessante Reise machen werde. Da wusste er ja noch nichts von meinen beruflichen Vorstellungen und das sie alles Andere als Archäologie sind.* Er klappt das Buch wieder zu und nimmt das andere, Goldverzierte zur Hand. Er öffnet es und stellt sofort fest, dass es im alten Latinum geschrieben ist. Das war nie sein Steckenpferd und heute macht sich seine Faulheit diesbezüglich stark bemerkbar. Auf der inneren Titelseite steht noch einmal LEGATUM, diesmal mit einem X darunter versehen. Das X symbolisiert die Zehn, römische Zahl, das weiß er. Doch er ist einfach zu müde und erschöpft, um sich den beiden Büchern zu widmen. Er legt sie auf den Tisch zum Sparbuch und greift zur Fernbedienung, die wie immer dort zu finden ist. Ein weiterer Schluck vom Whisky und er schaltet den Fernseher ein. Es laufen Nachrichten und sie berichten von einem Anschlag auf das Europäisch Archäologische Institut in Brüssel und von vier Toten, darunter René Lethard. In dem Moment, wo Renés Bild erscheint, wird es Elias klar: *René ist ermordet worden, aber warum? Was ist da los?*
Ihm fällt seine Nachricht ein, er schießt aus dem Sessel und während sie von weiteren zwei Männern und einer Frau berichten, stürzt er in den Flur. Dort greift er in die Sakkotasche, aber

das Handy ist weg. Er hebt das Sakko hoch und sieht es darunter auf der Sitzfläche liegen. Auf dem Display findet er den Hinweis, dass vier Anrufe in Abwesenheit erfolgt sind. Sie waren von Anne Lloyd, der persönlichen Assistentin von René und damit auch eine gute Freundin von ihm.

Nächster Tag
Flughafen Brüssel, Ankunftshalle

Anne Lloyd tritt unruhig auf der Stelle und wartet sehnsüchtig auf Elias Ankunft. Sie ist von schlanker Statur, 1, 70 Meter groß, mit kurzen schwarzen Haaren und braunen Augen. Vom Aussehen her ist sie eher der natürliche Typ und sportlich elegant gekleidet. Make up ist nicht wirklich ihr ständiger Begleiter, nur zu besonderen Anlässen und dann auch sehr dezent. Ihr rundes Gesicht verleiht ihr einen lieblichen und jungen Touch. Mit ihren Anfang vierzig wird sie oft zehn Jahre jünger geschätzt und von einigen Kollegen auch unterschätzt.

Doch heute Nachmittag ist sie geschminkt und fühlt sich mit ihrer aufgetragenen Maske, wie sie solche Menschen oft analysiert, recht wohl. Auch wenn ihre Nerven, dank der letzten Ereignisse gestern und heute, stark überstrapaziert sind. Sie fühlt sich beobachtet und das nicht ohne Grund. Ein Mann mit schwarzem Hut, schwarzen Anzug und Hemd und schwarzer Krawatte beobachtet sie immer wieder.

Ruhig bleiben, Anne, tief durchatmen und versuchen zu entspannen. Bleibe ruhig! Elias wird gleich durch diese Tür kommen und dann verschwinden wir auf dem schnellsten Weg von hier. Sie schaut zur Anzeigetafel und der Flug ist bereits vor vierzig Minuten gelandet. *So langsam muss er seine Sachen doch haben und durch diese Tür kommen. Lass dir nichts an-*

merken. Schaue diesen Typen dort drüben nicht an, ...nicht ansehen, hatte ich gesagt! Doch sein bohrender Blick animiert sie immer wieder dazu.

Endlich, die Türen öffnen sich und die ersten Fluggäste kommen heraus. Doch Elias ist noch nicht dabei. Weitere für sie qualvolle Minuten vergehen, dann ist es soweit. Elias kommt durch die Tür und direkt auf sie zu. Anne geht ihm ein Stück entgegen und umarmt ihn fest.

„Gut, dass du endlich da bist!", begrüßt sie ihn.

„Was ist das nur für eine Zeit?", entgegnet Elias ihr. „Erst mein Vater und am selbigen Tag auch noch René."

Sie lösen die Umarmung und schauen sich an. „Was ist mit deinem Vater?", möchte sie wissen.

„Er ist gestern an einem schweren Schlaganfall gestorben. ...und am Abend dann noch die Nachricht über Renés Tod. Das ist alles ein bisschen viel!"

Anne umarmt ihn noch einmal und spricht ihm ihr herzliches Beileid aus. Was Elias schwer atmend bedankt.

Nachdem sie sich erneut voneinander gelöst haben, bitte Anne ihn, dass sie von hier verschwinden. Sie werde ihm im Auto alles erklären. Somit greift er nach seinem Koffer und beide verlassen das Flughafengebäude. Auf dem Parkplatz mustert sie ihr Auto, bevor sie die Fernbedienung der Türen betätigt. Elias verfolgt nur fragend blickend ihre Aktivitäten. Nachdem sie im Auto sitzen und der Motor gestartet ist, atmet Anne erleichtert durch. Auf dem Parkplatz testet sie kurz noch einmal die Bremsen und dann startet sie mit Vollgas durch und verlässt den Flughafenbereich.

„Kannst du mir bitte einmal erklären, was das sollte?", will Elias wissen.

„Ja, das habe ich dir ja im Flughafen versprochen. Nachdem die

Bombe in Renés Büro hoch ging und das Unglück passiert war, rief mich jemand mit unterdrückter Nummer an und legte mir ans Herz, all die Informationen und das Wissen, welches mir René überliefert hat, zu vergessen und die Unterlagen zu vernichten. Ich soll schweigen und mich anderen Projekten zuwenden. Ansonsten..." Es fällt ihr sehr schwer, darüber zu reden und vor allem noch dabei zu fahren.

„Ansonsten?", möchte Elias wissen.

„Ansonsten werde ich es bereuen und mir wird das gleiche Schicksal zuteil werden, wie René."

Sie schlägt eine scharfe Linkskurve ein und Elias hält sich am Griff über der Tür fest. Nachdem sie in der Straße sind, fragt er weiter nach: „Woran hat René gearbeitet? Ich meine, er schickt mir Bilder von zwei kleinen Goldplatten mit Ägyptisch aussehenden Hieroglyphen und schreibt mir, dass sie im Kongo gefunden wurden. Das ergab keinen Sinn und dann, ein paar Stunden später, erfahre ich übers Fernsehen, dass er tot ist. Ich meine, was ist hier los?"

„Ich war mit Professor Lefoé auf dem Rückweg vom Kongress, als wir es im Autoradio hörten. Meine Anrufe bei René endeten immer auf der Mailbox. Da hatten wir schon ein ungutes Gefühl. Ein paar Minuten später kam die Meldung über Renés Tod. Wir mussten erstmal anhalten und die Nachricht verkraften. Professor Lefoé war völlig niedergeschlagen. Ihm liefen sogar Tränen aus den Augen..." Sie atmet tief durch, schaut in den Rückspiegel und biegt kurzer Hand in die nächste rechte Straße ein. Elias kann sich gerade noch am Griff festhalten. „Warum fährst du wie vom Henker verfolgt?"

Sie schaut ihn an und meint nur: „Da könntest du vielleicht Recht haben."

Elias schaut nach hinten und fragt: „Werden wir verfolgt?"

„Sagen wir mal so, ich schon. ...und dass seit dem Anruf. Verfolgt, überwacht, ich kann es dir nicht sagen. Jedenfalls stand am Flughafen wohl auch einer von denen."

„Wie sehen sie aus?" – „Schwarzer Anzug, schwarzes Hemd und schwarze Krawatte, dazu hatte er noch einen schwarzen Hut auf. Ich meine, es mag ja elegant aussehen, aber in diesem Fall eher düster und bedrohlich."

Komplett in schwarz? Moment mal... Elias kommt der Familienanwalt ins Gedächtnis. *Er sah doch gestern genauso aus und war nicht wirklich erfreut, mir den Umschlag zu geben.*

„An was war René da dran?" – „Er redete von einer unglaublichen Entdeckung, die mit den Goldplatten zu tun hatte. Sie waren der erste Beweis für seine unglaublich klingenden Theorien."

„Was für Theorien? Du machst es wirklich spannend!"

„Entschuldige bitte." Sie biegt wieder abrupt in die nächste Straße ab.

„Er sprach von einem Vermächtnis der Menschheit, das alles bisher Bekannte in den Schatten stellt. Es gibt sieben Bücher der großen Erkenntnis. Sieben Bücher, die den Weg zu einer versunkenen Stätte im afrikanischen Dschungel beschreiben und auf alle Mysterien der Geschichte der Menschheit eingehen. Sprich, unsere Geschichte in ihrer ganzen Wahrheit erzählen. ...und die Geschichtsschreibung der Menschheit müsste neu verfasst werden. Die sieben Bücher tragen den Namen LEGATUM."

„Moment mal! Sagtest du gerade LEGATUM?" – „Ja, wieso? Elias kramt in seiner Lederumhängetasche und holt das Buch heraus. „Da kann etwas nicht stimmen!"

„Was soll denn nicht stimmen?" – „Im Familienerbe meines Großvaters und Vaters ist das Buch LEGATUM, römisch zehn."

Anne tritt auf die Bremse. Elias schaut sie an.

„Es ist rot.", entschuldigt sie sich. „Du sagst, es gibt zehn Bücher davon? Du meine Güte. Dann ist das Vermächtnis noch größer und die Wegbeschreibung doch nicht fehlerhaft, wie René meinte."

Elias gibt ihr das Buch und sie starrt die innere Titelseite an. „LEGATUM X", liest sie immer wieder. Das Hupen der Autos hinter ihr holt sie aus der Starre und lässt sie Elias das Buch zurückgeben. Dann tritt sie aufs Gas.

„Zehn Bücher sind es also. Doch wo sind dann die noch fehlenden drei?"

„Keine Ahnung. Ich wusste nicht einmal, dass das Buch solch eine Bedeutung hat. Zudem ist es im alten Latinum geschrieben. ...und ich habe in dem Fach in der Schule nicht wirklich aufgepasst."

„Das ist kein Problem! Ich kann es lesen und Professor Lefoé ist ein wahres Genie in alten Sprachen und Schriften."

„Ihr arbeitet immer noch mit ihm?" – „Du meinst nur noch ich." Elias nickt. – „Ja, er war die letzten Jahre unersetzlich für uns und obwohl er von vielen Menschen für seltsam und merkwürdig gehalten wird, ist er ein lieber alter Herr mit einem unglaublichen Wissen und Können. Du wirst dich wohl mit ihm arrangieren müssen. Denn er ist unsere einzige Hilfe, die wir noch haben. ...und was viel entscheidender ist: Er war in Renés Arbeit voll involviert."

„Gut, gut, du hast gewonnen. Ich werde mich mit ihm arrangieren. Auch wenn wir damals die kleine Auseinandersetzung hatten."

„Das ist doch normal, wenn man unterschiedliche Auffassungen über ein und dasselbe Thema hat." Sie zwinkert ihm lächelnd zu.

„Da wir gerade über ihn reden: Wo ist er eigentlich? Ich denke mal, wenn du beschattest wirst, was ist dann mit ihm?"

„Du meine Güte, daran habe ich heute noch gar nicht gedacht! Er wollte ins alte Archiv, etwas heraussuchen." Sie biegt an der nächsten Kreuzung scharf links ab, wobei sie die beiden Nebenspuren kreuzt und die Vollbremsung eines anderen Pkws verursacht. Elias schaut sie nur mit großen Augen an, aber schweigt. Währenddessen wählt sie mehrmals die Nummer des Professors, aber jedes Mal geht seine Mailbox ran.

Dann legt sie vor einem alten großen Gebäude eine Vollbremsung hin. „Wir sind da! ...und sollten schnellstens den Professor suchen!"

Sie steigen aus, Anne schließt den Wagen ab und beide stürzen ins Gebäude.

Archiv des Europäisch Archäologischen Instituts, Katakomben

Der Fahrstuhl kommt an und die Türen gehen auf.

„Du meine Güte!", rutscht es Elias aus dem Mund. Er ist überwältigt von den endlos scheinenden Regalen und den vielen Gängen. „Was liegt hier alles?"

„Na ja, alles, was bisher nur kurz untersucht oder in Augenschein genommen, aber noch nicht katalogisiert wurde."

„Möchte nicht wissen, was hier für Schätze lagern!" – „Es werden wohl einige sein und mitten drin ist irgendwo der Professor. Wenn die Dame am Empfang Recht hat. Dass sein Handy hier kein Empfang hat, ist klar. Hier umringt ihn Mauerwerk mit Stahlbeton verkleidet."

„Klingt eher nach Fort Knox, als nach einem Archiv." – „Na auf Grund der Schätze, die hier noch lagern, kommt es einem Fort Knox schon sehr nahe. Lass uns lieber den Professor suchen!"

Elias stimmt nickend zu und beide gehen den Hauptgang in der Mitte entlang und schauen links und rechts in die Seitengänge. Doch von Professor Lefoé ist nichts zu entdecken.

Er sitzt in einem Zwischengang der Seitengänge auf einem Holzstuhl, Kopfhörer in den Ohren und kramt in einer großen Holzkiste. Professor Lefoé ist circa 1,65 Meter groß, hat lichtes graues Haar, einen kleinen Bauch und seine blauen Augen blinzeln durch eine alte Nickelbrille. Er ist Professor der Biologie, hat nebenbei Archäologie studiert und sich auf die Evolution des Menschens spezialisiert. Mit seinen Ende sechzig ist er klassisch und gepflegt gekleidet und vom Aussehen her ebenso.

Er lauscht über seine Kopfhörer Richard Wagners Oper „Die Walküre" und dank des „Walkürenritts" bekommt er von seiner Umgebung nichts mit. Schon gar nicht die Rufe der beiden Suchenden.

„Er muss doch irgendwo hier sein!", bemerkt Anne leicht entmutigt. Sie ruft ihn erneut, doch Stille.

„Lass uns doch mal in die Seitengänge gehen!", schlägt Elias vor und sie biegen einfach auf der linken Seite ab. Plötzlich sieht Anne ihn sitzen und sie stößt Elias leicht an den Oberarm. Beide grinsen, da sie die Kopfhörer erkennen und sind auch sichtlich erleichtert, dass es dem alten Herrn gut geht.

Als sie kurz vor ihm stehen, hört der Professor plötzlich auf zu kramen und schaut die Beiden vorsichtig an. Dann nimmt er die Kopfhörer herunter: „Anne, mein liebes Kind! Was suchst du denn hier?"

„Sie, Professor." – „Ist wieder etwas passiert?"

„Eine ganze Menge.", wirft Elias ein. – „Moment mal, sie kenne ich, mein Junge. Nicht verraten, ich komme gleich darauf..." Ein Augenblick der Stille folgt und Elias sieht ihn fragend an.

„Du bist Elias, der Freund von René, mit dem ich das Gespräch, den Streit hatte."

„Oh je, das wissen sie noch, Herr Professor? Ich hoffe, sie sind nicht nachtragend!" – „Non, non, mein Junge. Warum sollte ich? Wir haben alle unsere Meinungen und Anschauungen. Ich fand es eher, wie sagt man, ...erfrischend!"

Elias ist erleichtert. „Das freut mich sehr, Professor!" Er reicht ihm die Hand, was der alte Herr gern erwidert, wobei er auch aufsteht.

„Aber was macht ihr hier, Kindchen?", wendet er sich Anne wieder zu.

„Professor, es ist so viel passiert...", beginnt sie zu erzählen, während er sich wieder hinsetzt. Sie berichtet ihm von den Beobachtungen und Verfolgungen und vor allem von dem mysteriösen Anruf.

„Oh mon dieu! Dann lebst du ja gefährlich.", antwortet er darauf.

„Nicht nur sie, Herr Professor. Sie vor allem, Professor, da sie ja in Renés Arbeit ganz und gar involviert waren.", weist ihn Elias hin.

Lefoé sackt auf dem Stuhl leicht in sich zusammen: „Was machen wir nun?"

Elias holt zwei weitere Stühle aus den Zwischengängen und sie setzen sich zum Professor.

„An was genau hat René gearbeitet, Professor Lefoé?" – „Oh mon dieu! Am Anfang hielt ich es für Quatsch, vertane Zeit. Vor anderthalb Jahren erzählte er mir von sieben Büchern der Erkenntnis, die unsere Evolutionsgeschichte neu erzählen. Vor allem, dass sie in viele ungeklärte Mysterien unser Geschichte Licht bringen und unsere Evolution neu geschrieben werden müsse. Ich erhob nur die Hände und fragte, wo er diesen Blödsinn aufgefasst hat? Er sagte mir, dass er Dokumente auf einem

Kongress eingesehen hat. Da er mir aber nichts zeigen konnte, glaubte ich ihm nicht. So schwer es mir auch viel, ihm wehtun zu müssen, aber ich konnte ihm nicht glauben. Nach all dem, was jetzt passiert ist, mon dieu, ich hoffe, er hat es mir je verziehen! Weißt du mein Junge, er fehlt mir sehr. Es traf mich ganz tief in meinem Herzen..." Er schluchzt ein wenig, nimmt die Brille ab und wischt sich schnell eine Träne am Auge weg. Anne nimmt ihn seitlich in den Arm. „Wir hätten nicht zum Kongress fahren dürfen, Kindchen! Ich hatte kein gutes Gefühl dabei. Aber nun ist es passiert und wir haben jemand ganz Wertvollen verloren. Weißt du, mein Junge, er war wie ein Sohn für mich. Als ich noch mit meinem Francois in Paris lebte, besuchte er uns oft dort und wir arbeiteten zusammen. Er wohnte dann mit in unserem Haus, in dem großen Gästezimmer, und wir waren wie eine Familie. Dann starb mein Mann an Krebs und René half mir sehr über diese schwere Zeit hinweg. Wie oft war er da und half mit bei der Pflege von Francois. Ein Jahr nach seinem Tod holte er mich nach Brüssel und sorgte dafür, dass ich fest in das Institut kam. ...und seit dem half ich ihm, wo ich konnte und wurde zu seinem engen Vertrauten. Wie ein Vater, dem sie jetzt seinen Sohn genommen haben..." Dann schweigt er wieder und senkt seinen Kopf. Anne legt ihren an den von Lefoé. Elias spürt diesen dicken Klos im Hals, der ihm das Atmen erschwert. Ihm wird einmal mehr bewusst, dass René nicht mehr ein Teil von ihnen ist und sie alles dafür tun sollten, das Geheimnis zu lüften.

Als sich der Professor wieder fasst, fährt er fort: „Vor einem halben Jahr zeigte er mir die Dokumente und bewies mir, dass sieben Bücher der Erkenntnis auf der Welt existieren. Ihr Titel klang besonders, LEGATUM. Was übersetzt DAS VERMÄCHTNIS oder DAS ERBE heißt. Dann forschten wir zusammen weiter und fanden den Hinweis auf eine versunkene Stadt im Herzen von Afrika. Bekanntlich der Kontinent, der als Wiege der Menschheit gilt. Wir bekamen nur so viel noch heraus, dass fünf Bücher in den Händen eines reichen Plantagenbesitzers in Mexiko sind. Doch gestern, wir wollten gerade von diesem Kongress losfahren, schickte René Anne die Fotos mit den Goldstücken und den Schriftzeichen darauf. Er schrieb, dass sie im Fluss Kongo gefunden wurden. Zwei Stunden später,...“, er atmet tief durch.

„...war er tot.“, vervollständigt Anne.

„Professor Lefoé, es sind keine sieben Bücher. Es sind zehn.“ Elias holt das Buch aus seiner Tasche und gibt es dem fragend drein schauenden Professor. Dieser schlägt es auf und seine kleinen Augen werden immer größer. „Mon dieu, es gibt also doch den vollständigen Weg und die Beschreibung der versunkenen Stadt?“ Er sieht Anne fragend an, während sie und Elias bestätigend nicken.

„Wir sollten zu mir fahren, in die Wohnung. Da können wir besser reden und einen guten Rotwein trinken.“

Er gibt Elias das Buch zurück, steckt die Zeitung aus der Kiste in seine Jackettasche und legt die Tonscherbe vorsichtig in die Kiste zurück. Dann stehen sie auf und verlassen die Katakomben.

Yukatan (Mexiko), Villa von José Torres

José Torres sitzt mit sieben weiteren Herren, in Anzügen mit Hemd und Krawatte gekleidet, an einem großen Tisch auf der Terrasse seiner Villa, neben ihn ein großer Flachbildschirm im Schatten des Daches. Torres erbte das große Anwesen von seinem Vater und führte die sehr gut laufende Sisalplantage weiter.

Er selbst ist Ende sechzig, mit seinen 1,80 Meter von stattlicher Statur, trainiert und sein rundes Gesicht mit den braunen Augen und der Glatze lassen ihn etwas zwielichtig und bedrohlich aussehen. Mal ist er charmant und zuvorkommend, dann wieder arrogant und abweisend. Mal elegant gekleidet, dann wieder in Jeans und Hawaiihemd, je nach Gemütslage und wie es ihm nach seinen Vorstellungen beliebt. Am Nacken hat er ein Tattoo mit einem Engel, dessen Flügel herunterhängen und sein Kopf am Griff eines Schwertes nach hinten fällt. Darunter stehen zwei Buchstaben: VM.

Er lebt auf diesem Anwesen allein, umringt von mehreren Männern mit Waffen, die ihn und das Grundstück nebst Plantage scheinbar beschützen. Immerhin bietet die Villa Platz für vier Familien und beherbergt einen beheizten Innen- und Außenpool, mehrere Terrassen und einen Tennisplatz. Hinzu kommen noch weitere Wohnhäuser in Mexiko-Stadt, die er sein Eigen nennen kann. Er ist sehr einflussreich und spielt auch in der Politik des Landes mit, wenn sie zu Gunsten der Reichen ausfällt.

„Also meine Herren, sie haben von mir die wichtigsten Daten für diese Expedition in den afrikanischen Dschungel bekommen. Was halten sie davon und viel mehr, werden sie sich an den Kosten beteiligen?", beendet er seinen Vortrag.

Die Sieben schauen ihn an, mustern ihn teilweise und auch die zwei Männer mit den Maschinenpistolen im Hintergrund.

„Warum sollten wir gerade mit ihnen diese Expedition machen?", will einer der Sponsorenanwärter wissen.

„Nicht machen, nur mitfinanzieren. Ich möchte ihnen nicht die enormen Strapazen dieser Reise auferlegen. Das wäre vermessen."

„Gut, dann eben finanzieren.", wirft ein anderer nach.

„Meine Herren, es geht hier nicht nur um einen gewaltigen Goldschatz und Artefakte, die auf dem Weltmarkt vielleicht sogar Milliarden von Dollar einbringen. Es geht vielmehr um die Macht, die sie mit diesem Schatz erreichen. Die Macht über ein Land kann man eventuell auf zwei Schultern tragen, die über die ganze Menschheit wohl kaum."

„Was macht sie so sicher, diesen Schatz dort zu finden?", will ein anderer wissen.

„Nun, es gibt diese fünf Bücher der Erkenntnis, wie sie genannt werden und ich besitze sie. Lasse sie gerade aus der alten Schrift übersetzen, um ihren Inhalt zu verstehen." Auf dem Flachbildschirm erscheinen die fünf Bücher, nebeneinander aufgereiht. Die sieben schauen verblüfft, aber immer noch skeptisch.

„Gut, sie haben diese Bücher. Doch wenn sie sie gerade erst übersetzen lassen, woher wissen sie von dem Schatz?"

„Diese Bücher begleitet eine alte Legende über eine versunkene Stadt, in der dieser Schatz zu finden ist. ...und wer ihn besitzt, hat alle Macht über die Menschheit."

Die gewünschten Sponsoren schauen sich untereinander an, manche schütteln den Kopf, andere räuspern sich. Torres mustert sie genau. „Meine Herren!" Sie schauen ihn an. „Sie wollen einen Beweis für den Goldschatz, hier haben sie ihn!"

Auf dem Flachbildschirm sind die beiden Goldstücke mit den Hieroglyphen zu sehen. Nun macht sich Erstaunen breit. Torres sitzt da und grinst in sich hinein.

„Über welche Summe reden wir?", möchte einer der Sieben wissen.

„Ich denke so an die 10 Millionen. Was wir heraus bekommen, ist ein Vielfaches von dem, was wir einsetzen."

„Wie wird der Schatz und die Anteile der Macht aufgeteilt?", interessiert sich ein weiterer.

„Alles zu gleichen Anteilen.", entgegnet Torres grinsend.

Der erste nimmt die Mappe vor sich auf dem Tisch in die Hände und sagt „Ich bin dabei!". Ein weiterer folgt und nach einem kurzen Zögern noch zwei Andere.

José mustert die fehlenden Drei. Aber sie zeigen keinerlei Regung in diese Richtung.

„Gut, dann denke ich, die Entscheidung ist gefallen. Meine Herren!", wendet er sich den Dreien zu. „Damit ist ihr kurzer Aufenthalt hier zu Ende. Ich danke ihnen, dass sie hier waren! Ihnen noch einen schönen Tag, meine Herren! Meine Jungs geleiten sie hinaus." Er weist sie damit in Richtung Parkplatz. Die drei stehen auf, nicken kurz mit dem Kopf und gehen. Zwei der Leute von Torres gehen hinter ihnen her.

„Wir meine Herren stoßen auf die große Unternehmung an!", wendet er sich den vier Anderen zu. Er hebt sein Champagnerglas hoch und die vier folgen ihm und stoßen an.

In der Wohnung von Professor Lefoé

Die schwere Flügeltür öffnet sich und die Drei treten in den schmalen langen Flur ein. Elias Blick wandert die Wände entlang. Bereits im Flur hat der Professor Regale mit Büchern stehen. Linker Hand geht das Arbeitszimmer ab und in den Regalen um den schweren Schreibtisch herum stapeln sich weitere Bücher und Akten.

„Was für eine Privatbibliothek.", rutscht es Elias aus dem Mund.

„Qui!", entgegnet kurz der Professor, während Anne nur lächelt. „Viele Bücher in vielen Jahren."

„Haben sie die alle gelesen?" – „Non, sagen wir siebzig Prozent davon. In anderen Mal hineingesehen oder etwas herausgeschrieben. Francois las ebenso gern, wie ich."

„Siebzig Prozent ist sehr viel! Wenn man die Masse an Büchern betrachtet."

„Gehen wir in das Wohnzimmer!", weist Lefoé den Weg.

Sie folgen ihm den Flur entlang, rechts an der Küche und der Toilette vorbei, und biegen links in das große Zimmer, welches durch eine Flügeltür mit dem Arbeitszimmer verbunden ist.

Erstaunlicher Weise hängen im Flur, in der Küche, im Arbeits- und Wohnzimmer, ja sogar auf der Toilette, Schilder an den Wänden. Lefoé ist leidenschaftlicher Sammler seltener Schilder. Auf den Simsen der Bücherregale hingegen liegen verschiedene Knochen.

Ein bisschen unheimlich wirkt das schon., geht es Elias durch den Kopf. *Immerhin, wenn man ihn nicht so richtig kennt und man zum ersten Mal in der Wohnung von ihm ist.*

Anne bemerkt Elias' Blicke. „Der Professor schreibt gerade an einem Buch über die menschliche Anatomie und ihre Evolution in den letzten 150000 Jahren."

„Aha...", erwidert Elias kurz. Professor Lefoé nickt nur grinsend.

„Hat das nicht schon Darwin?", setzt Elias nach.

„Die Darwinsche Evolutionstheorie ist zwar noch präsent, aus- schlaggebend, aber in vielerlei Hinsicht bereits überholt und auch schon mal widerlegt.", erklärt der Professor kurz. „Ich werde uns schnell etwas zu Essen bereiten und einen guten Rotwein aufmachen." Damit verschwindet der Hausherr in seine Küche.

„Warum hast du mir nie gesagt, dass er schwul ist? Ich meine, ich habe kein Problem damit. Aber es erklärt so einige Verhal- tensweisen von ihm.", flüstert Elias Anne auf dem Sofa zu.

„Wir fanden das nie ausschlaggebend oder gar wichtig. Er ist so, wie er ist. ...und wir kamen fantastisch mit ihm zu Recht. Aber das nächste Mal weise ich dich darauf hin. ...und wie du unschwer erkennen kannst, nimmt er jedes seltene Schild mit, das er bekommen kann. Deshalb trägt er auch immer zwei Schraubenzieher bei sich, einen für die Kreuzschrauben und den anderen für die mit einem Schlitz. Die hat er stets zu Hand.", antwortet sie ihm flüsternd und grinst danach.

„So, da bin ich schon wieder!", kommt Lefoé aus der Küche ins große Zimmer. „Dann nehmen wir einmal die Bücher und Ordner vom Couchtisch und decken uns etwas Feines auf!" Er stellt die Kristallkelche auf den Tisch und verschwindet erneut in die Küche.

„Er ist für viele Menschen skurril, seltsam, altmodisch und eigenbrödlig, aber für uns ist er die beste Hilfe, die wir haben können.", fährt Anne flüsternd fort. „Er ist ein wahres Genie und kann uns beistehen und vieles erklären, Renés Arbeit mit uns weiterführen."

„Moment! Wer sagt, dass wir die Arbeit weiterführen? Ich will nur herausfinden, wer René getötet hat und vor allem warum?" Anne schaut in erstaunt an. „Ich dachte, du bist an seiner Arbeit und den Büchern LEGATUM genauso interessiert, wie wir?"

„Ich habe da ein anderes Motiv. Ich möchte den Grund für seinen Tod erfahren. Wir kommen aus verschiedenen Richtungen..."

„...aber habt das gleiche Anliegen.", unterbricht ihn Lefoé, als er das Zimmer betritt. In seinen Händen ein aufgeschnittenes Baguette in einem Körbchen und eine reichliche Käseplatte. Beides stellt er auf den Tisch.

„Pass auf, mein Junge!", wendet er sich Elias zu. „Die Hintergründe seines Todes sind das Gleiche, wie seine Arbeit. Er stand kurz davor, etwas Wichtiges herauszufinden und die Goldplatten lieferten einen klaren Beweis dafür. Also wer auch immer ihn tötete, hatte das gleiche Motiv wie Anne und ich. Den Inhalt seiner Arbeit. Wenn du denjenigen finden möchtest, musst du wohl den gleichen Weg wie wir gehen." Er zieht seine Augenbrauen hoch, so dass sie über das Brillengestell ragen.

Elias kann nicht anders, er muss lächeln und Lefoé erwidert es.

„Sie haben Recht, Professor. Lassen sie uns gemeinsam den Inhalt und Sinn seiner Arbeit finden und sie Täter, die ihn umbrachten."

„So ist es richtig!", bestätigt ihm der Professor und Anne lächelt erleichtert. Dann geht der Hausherr zurück in die Küche und kehrt kurzer Hand mit der Rotweinflasche zurück.

„Doch wie wollen wir es anstellen? Ich meine, wir brauchen doch einen Plan.", wirft Anne ein und nimmt ein Baguettestück und belegt es mit Käse.

„Qui, da hat sie Recht!", setzt Lefoé hinterher und gießt den Wein ein. „Wir brauchen so etwas wie einen Reiseplan. Uns fehlen die Bücher. Wir haben nur eins und das ist das Letzte in der Reihe."

„Moment mal!" Elias fällt das Tagebuch seines Großvaters ein. „Ich habe noch das Tagebuch meines Großvaters. Es ist mit der Hand in Altdeutsch geschrieben." Er kramt es aus der Umhängetasche und legt das Buch LEGATUM X gleich mit dazu auf den Tisch.

„Wunderbar!", freut sich Lefoé und greift das Tagebuch. „Ich kann diese Schrift lesen, wenn dein Großvater recht sauber geschrieben hat." Er öffnet das Buch, rückt seine Brille auf der Nase nach oben und beginnt zu lesen.

„Und, Professor?", hakt Anne nach.

„Sehr interessant... sehr interessant!" – „Was denn, Professor?", möchte Elias wissen.

„Er schreibt hier schon am Anfang, dass dies eine besondere Reise wird. Wohl die wichtigste in seinem Leben. Es geht um einen gewaltigen Schatz. ....hier: Es ist der Grösste Schatz der Menschheit, denn er betrifft sie selbst. Keine Institution, kein Bund und keine Regierung können ihn bis heute ihr eigen nennen..."

„Jetzt wird mir etwas klar.", unterbricht ihn Elias. „Die Goldplatten sind ein Teil des Schatzes. Bleibt nur die Frage, was für einer das ist und vor allem, was bedeuten die Hieroglyphen darauf? Zudem sind sie ägyptisch und ich frage mich, warum sie in Zentralafrika auftauchen?"

„Oh mon dieu! Viele Fragen, mein Sohn und wir finden die Antworten! Qui!" Dann liest er weiter und blättert im Tagebuch. Anne widmet sich dem andern Buch LEGATUM X. Elias lässt es sich erstmal gut schmecken.

„Interessant... Hört mal bitte!", beendet Lefoé die Stille. „Sie starteten am 07. Juli 1940 und trafen im Süden des Deutschen Reiches, heute also Norditalien, in dem Kloster der Wahrhaftigkeit auf den jungen Pedro, der mit seinen 27 Jahren bereits den Titel Pater trug..."

„Entschuldigen sie bitte, Professor!", unterbricht ihn Elias. „Pater Pedro besuchte meinen Großvater und Vater später ab und an wieder. Er muss mit meinem Großvater zusammen auf dieser Reise gewesen sein." Er kramt das Foto aus der Tasche und zeigt es dem Professor.

„Genau das steht hier geschrieben. Er begleitete uns als geistiger Beistand auf dieser beschwerlichen Reise." Der Professor widmet sich dem Bild. „Das also ist Pater Pedro. Zu ihm sollten wir reisen. Er kann uns sicher alles Wichtige berichten und vor allem erklären. Ich denke, dass er der Schlüssel ist. Hoffen wir, dass er noch lebt!"

„Das heißt, wir sollten in das Kloster fahren?", hakt Anne nach und schaut die beiden Männer nacheinander an.

„Einen Versuch wäre es wert.", stellt Elias fest. „Immerhin müsste er etwas mit meinem Namen anfangen können. Denn ich kann mich gut daran erinnern, dass er uns ab und an besuchte und auch kurz mit mir redete. Natürlich nicht über solche Sachen. Obwohl..." Er überlegt. Die beiden Anderen schauen ihn gebannt an. „Ich erinnere mich, dass er einmal auf der Terrasse zu mir sagte: Eines Tages wirst du auf die Reise gehen und wir beide sehen uns wieder. ...Genau, ...das war das letzte Mal, als er uns besuchte."

„Dann sollten wir seiner Aufforderung nachgehen und nach Norditalien reisen.", legt Anne fest. Die Männer stimmen zu. Elias steht auf und geht zum Fenster, schiebt die Gardine etwas beiseite und sieht einen schwarzen Wagen vor dem Haus, an dem ein Mann in schwarzen Sachen lehnt und das Haus beobachtet.

„Wir sollten morgen so früh wie möglich starten. Damit wir unsere neugierigen Begleiter loswerden." Elias bewegt die Gardine vorsichtig zurück.

„Oh mon dieu! Das heißt, sie beobachten uns schon wieder?" – „Auf Schritt und Tritt und deshalb müssen wir sie loswerden!", antwortet Elias. „Auf der Fahrt können wir die Bücher weiter studieren."

„Gut, so machen wir es.", legt Anne fest und der Professor stimmt kauend nickend zu. Elias setzt sich zu den Beiden und sie essen erstmal in Ruhe weiter.

Yukatan, im Keller von Torres' Haus

José Torres steht vor einer Wand mit mehreren Zeitungsartikeln. Zur linken Hand sind Vitrinen mit Funden von Werkzeugen und Artefakten aus verschiedenen Teilen der Welt. Zur

Rechten stehen zwei Kommoden über die zwei Bilder hängen. Das Eine zeigt eine bildliche Darstellung von Atlantis, das daneben eine Ansicht von Machu Picchu mit dem Berg im Hintergrund. Auf den Kommoden fünf Buchhalter, auf denen die aufgeschlagenen Bücher LEGATUM I bis V liegen.

Torres nimmt einen Stift und streicht das Bild von René Lethard durch. *Damit ist ein wichtiges Glied in der Kette beseitigt und wir kommen unserem Ziel einen Schritt näher. Der Großmeister wird sich über die Platten freuen und dann erfolgt endlich der Startschuss für die Reise nach Afrika. Vier Sponsoren werden 10 Millionen Dollar zur Verfügung stellen und wenn wir den Schatz erstmal haben, gehört die Macht uns!* Ein dreckiges Grinsen geht über seine Lippen und er wendet sich den Büchern zu, streicht über die offenen Seiten. *Euer Geheimnis werde ich euch auch noch entlocken und damit habe ich alles an Wissen, was ich brauche. Die letzten zwei Bücher werde ich auch noch finden. ...und niemand wird mich dann aufhalten können. Niemand!*

Es klopft an der Tür. „Senior Torres! Besuch für sie!", ertönt es von der anderen Seite der Tür.

Torres löscht das Licht und verlässt das Zimmer.

Vatikanstadt, Büro von Kardinal Menzinger

Der Kardinal steht am Fenster und schaut auf den Petersplatz. Er ist ein leicht untersetzter Mann von circa 1,70 Meter Größe, mit kurzen grauen Haaren und blauen Augen. Sein Gesicht hat charismatische Züge und wird durch die Kardinalskluft und der Kappe stark hervorgehoben. Er ist intelligent, klar, direkt und sehr prinzipientreu. Im Vatikan gilt er als Hardliner und Vertreter der alten Ordnung in der katholischen Kirche. Als Mitglied des Opus Dei hat er direkten Einfluss auf den Geheimdienst des Vatikans, welchen er gern für die Durchsetzung seiner Prinzipien gebraucht.

Es klopft an der Tür. Er dreht sich um und bittet die Person hinein. Ein Mann im schwarzen Anzug, schwarzen Hemd und Krawatte betritt das Büro des Kardinals. Es ähnelt eher einem königlichen Arbeitszimmer mit prachtvollen Regalen voller Bücher, barocken Lehnstühlen, mit einem reichlich verzierten barocken Schreibtisch in der Mitte des Zimmers. Der Mann tritt an den Schreibtisch heran, legt eine Akte darauf und sagt: „Hier sind die Unterlagen, Eure Exzellenz! Alle Informationen, die sie wünschten und die wir recherchieren konnten."

Der Kardinal geht zum Tisch und nimmt die Akte in die Hand. „Ich lese sie später. Was können sie mir so berichten?"

„Wir haben herausgefunden, dass es zehn statt sieben Bücher gibt, die den Inhalt des einen großen Buches wiedergeben. Das ursprüngliche Buch LEGATUM wurde von einem römischen Geschichtsschreiber und Gelehrten unter Kaiser Augustus geschrieben. Na ja, zuerst waren es viele Papyruszettel, die nach seiner Reise nach Ägyptus zuerst in Rom, später dann vom Dogen von Venedig aufbewahrt wurden. Wie sie nach Venedig kamen, ist uns bisher unklar. Ein Benediktinermönch des Klosters Montecassino vervollständigte im Jahr 540 die Manuskripte mit dem Bericht über die versunkene Stadt und ihren Geheimnissen. In einem ihrer Tempel, er gilt als versunken, soll das größte Vermächtnis der Menschheit zu finden sein. Es erklärt wohl alle Ursprünge der Menschheit und alles Wissen, das die Jahrtausende überdauerte. Als Rodrigo Borgia sich zum Papst Alexander VI. ernannte, erhielt er kurz danach vom Dogen von Venedig die Manuskripte als Geschenk. Wir gehen davon aus, dass es eher eine Beschwichtigung der Beziehungen war. Überliefert ist es als Freundschaftsgabe zur Ernennung seiner Heiligkeit. Im Privatgemach seiner Heiligkeit Alexander VI. ruhten die Manuskripte, bis sein unehelicher Sohn Cesare Borgia diese Manuskripte in die Hände bekam. Zu der Zeit war der Buchdruck bereits in Italien ansässig und Cesare Il Valentino. Er gab diese Manuskripte in der Druckerei in Auftrag, sie mögen ein richtiges Buch davon drucken und seiner Heiligkeit als Geschenk überreichen. Die Druckerei folgte dem Auftrag. Aber was die Familie Borgia nicht wusste, ist, dass die Druckerei eine Kopie in Form von zehn Büchern anfertigte. Das Originalbuch bekam Papst Alexander VI. überreicht, die zehn anderen Bücher wurden im damaligen Europa verstreut, später über den ganzen Globus. Als Papst Alexander VI. starb, wurden seine Privatgemächer leer geräumt und auch das Buch entwendet. Seitdem wird es in einem Kloster im Norden Italiens aufbewahrt und wurde bisher von niemand weiterem eingesehen. Es soll auch einen Wächter dieses Vermächtnisses geben."

„Sehr interessant und sehr gute Arbeit!" - Der Mann bedankt sich.

„Was können sie mir über den Verbleib der zehn Bücher sagen?", möchte Menzinger noch wissen.

„Fünf der Bücher sind in Privathand eines Plantagenbesitzers in Mexiko. Er besitzt eine Sisalplantage und ist im Land sehr einflussreich. Ein Buch besitzt der Erbe der Familie Stiermann, dessen Großvater 1940 im Auftrag des Führers nach Afrika reiste, um die Stadt und den Tempel zu finden. Wir wissen nicht genau, wie gut es in den Händen des Erben aufgehoben ist. Ein Buch befindet sich in der Bibliothek zu Alexandria, eins in St. Petersburg und ein weiteres in Jerusalem. Das letzte, fehlende Buch ist verschollen. Wir vermuten, dass es ein alter Nazioffizier mit nach Argentinien nahm, wo ja einige der Offiziere untergetaucht sind.

Mehr kann ich ihnen im Moment noch nicht berichten, Euer Exzellenz."

„Das ist sehr viel. Mehr, als ich erwartete. Sehr gute Arbeit." –

„Vielen Dank, Euer Exzellenz!"

„Sie haben von dem Anschlag gehört?" – „Sie meinen auf das Europäisch Archäologische Institut?"

„Ganz genau. Der Wissenschaftler René Lethard und drei weitere Personen kamen dabei ums Leben."

„Ja, ich habe es gehört. Er war dem Vermächtnis sehr nahe auf der Spur."

„Richtig. Diese Euphorie muss gestoppt werden. Das bedeutet, dass alle Bücher, die zehn, sowie das ursprüngliche Buch, dahin zurückkehren müssen, wo sie hingehören. Hier in die Bibliothek des Vatikans, zu all den anderen verschlossenen Schriften. Dieses Geheimnis und Vermächtnis darf nicht an die Öffentlichkeit gelangen. Haben sie mich verstanden!"

„Ja, euer Exzellenz! Wir werden unser Möglichstes tun!" Dann geht er wieder und schließt die große Flügeltür hinter sich.

Kardinal Menzinger legt die Akte auf seinen Schreibtisch und reibt sich grübelnd das Kinn.

Am nächsten Tag
Paris, Notre Dame

Anne, Elias und Professor Lefoé betreten die Kathedrale und nehmen auf einer der Bänke Platz. Ihre Blicke schweifen durch das Innere des Bauwerks.

„Was für ein Ehrfurcht gebietendes Gebäude.", rutscht es Anne heraus.

„Das war der Sinn dieser Bauten.", entgegnet der Professor.

„Prachtbauten des Glaubens. Mit dem Reichtum der frühen Städte wurden auch die Kathedralen größer. Der Reichtum der Kirche mehrte sich und die vielen Eroberungszüge und auch die Kreuzzüge taten ihr Übriges dazu. Ehrfurcht vor dem Allmächtigen sollten sie ausstrahlen, zeigen, wie klein man gegenüber Gott ist, der alle Menschen gleich liebt. Die Reichen ebenso wie die Armen, er macht da keinen Unterschied."

„Glauben sie an Gott, Professor?", möchte Elias wissen.

Er schaut ihn an: „Nein. Ich glaube nicht an Gott. Ich bin Wissenschaftler und versuche die Tatschen so zu verstehen, wie sie sind und auch waren, um daraus die Geschichte unserer Evolution darzustellen. Aber Francois und ich waren früher öfter hier. Gerade zu der Zeit, als er schon sehr krank war. In der Not finden viele Menschen zum Glauben zurück. Sie brauchen etwas, an dem sie sich festhalten können, ihrem Leben ein Sinnlicht schenkt. Francois machte da keine Ausnahme. Wir unterhielten uns oft über den Glauben an sich. Er vertrat immer die Meinung, dass jeder Mensch im gewissen Maße gläubig ist. Ein jeder von uns glaubt an einen anderen Menschen, an eine bestimmte Sache. Deshalb sagt man wohl auch, dass der Glaube Berge versetzen kann. Weil, wenn man an eine Sache glaubt, sie verfolgt und umsetzt, man sehr viel erreichen kann. Man muss sich eben nur bewegen, darf nicht abwarten. Wer wartet, schreitet nicht voran. ...und wer nicht voran schreitet, kann in seinem Leben nichts verändern und bewegen. Ich musste ihm da absolut Recht geben."

„Da stimme ich zu. Auch als Wissenschaftlerin.", bringt sich Anne ein, die seinen Ausführungen aufmerksam folgt.

„Es ist in allen Bereichen des Lebens so. Sei es in der Wissenschaft, im privaten Leben eines jeden Einzelnen von uns oder auch in der Entwicklung des Lebens selbst. In allem ist Bewegung, kein Stillstand. Selbst in diesem Augenblick bewegen wir uns, weil wir uns austauschen und damit Horizonte und Ansichten erweitern oder gar verändern. Das alles ist Bewegung.

Aber glaube ich daran, dass da oben jemand ist, der alle Geschicke lenkt und das Leben leitet? Nein! Absolut nein!"

„Hmm...", meint Elias. – „Wie schaut es bei dir aus, mein Junge?"

„Mein Vater war nicht in der Kirche. Er glaube nur an eins: Eine neue Stätte zu finden, die vorher noch niemand gefunden hatte. ...und an den Ruhm und den Bekanntheitsgrad, der damit verbunden sein würde."

„...und hat er ihn erlangen und diese Stätte gefunden?", unterbricht ihn der Professor.

„Nein, nic. Er arbeitete immer an Orten, wo bereits Ausgrabungen liefen. Er rannte diesem Ruhm hinterher. Dabei hatte er im Erbe der Familie alle Voraussetzungen dafür, wie mir gerade so auffällt."

„Oftmals ist man blind und erkennt nicht die Chancen, die sich einem offenbaren.", beteiligt sich Anne wieder am Gespräch.

„Das stimmt, Kindchen. Oft liegen in unserem Leben die größten Chancen vor unseren Füßen und wir gehen einfach darüber hinweg. Nur, weil wir starr nach vorn blicken. Francois war da anders. Er erkannte oft die Chancen und vor allem die Schönheiten des Lebens und wir haben sie zusammen genossen. Auch in dem Moment, wo wir hier waren. Nun aber zurück zu dir, mein Junge!"

Elias grinst und redet weiter: „Meine Mutter war evangelisch erzogen worden und vertrat hier und da schon die Einstellungen und Werte der Kirche. Da mein Vater sehr oft unterwegs war, war ich derjenige, der sie zu spüren bekam. Aber sie machte es auf ihrer liebevollen Art und Weise, eher mütterlichen. Sie war keine strikte Verfechterin des Glaubens, ging auch nicht jeden Sonntag in die Kirche. Aber gewisse Festtagsrituale waren schon sehr kirchlich angehaucht. Als sie verunglückte, sagte mein Großvater zu mir, dass sie wahrhaftig in den Himmel komme und mich als Engel begleiten würde. Zum ersten Mal hörte ich meinen Großvater so reden. Dann noch einmal kurz vor seinem Tod. Da sagte er, dass er nun zu ihr geht und zwei auf mich aufpassen werden. Seitdem habe ich mich nie wieder damit beschäftigt. Ich glaube an die Dinge, die ich mache. An wenige Menschen. Deshalb habe ich auch nur sehr wenige Freunde. Aber an Gott glaube ich nicht. ...und diese Bauten sind sehr schön, manchmal zu prunkvoll in meinen Augen, aber eben auch Orte des Friedens und der Ruhe. Wie sie meine Mutter früher oft bezeichnete. Sie sagte immer: Wenn du Ruhe und Frieden suchst, Geborgenheit und Schutz, dann brauchst du nur in eine Kirche zu gehen. Darin bewegen sich die Menschen respektvoll untereinander und wahren die friedvolle Ruhe. Wahrscheinlich auch deshalb, weil sie voller Ehrfurcht vor diesen gewaltigen Bauten sind."

„Das kann sehr gut sein.", wirft Anne ein. „Ich selbst glaube auch nicht an Gott. Vertrete eher die Meinung des Professors. Auch wenn ich ebensolche Erfahrungen, wie ihr gemacht habe. Aber als Weisenkind, seit dem fünften Lebensjahr, habe ich mir meine Weltanschauung und Lebensweise aufgebaut und ihre Bestätigung in der Wissenschaft gefunden."

Der Professor streichelt ihre linke Schulter und nickt liebevoll lächelnd dabei. Elias geht in sich und lässt den Blick durch die Kathedrale schweifen. Dabei sieht er einen Mann in schwarzen Sachen seitlich stehen, der immer wieder zu ihnen herüber blickt.

„Mon dieu! Hat eigentlich mal einer von der Kirche das ganze

Geld und Gold zurückverlangt, dass sie sich im Mittelalter in der Welt zusammengeklaut haben und durch die Fronabgaben bekamen?"

Elias schaut den Professor grinsend an: „Dann würde vieles ganz anders aussehen."

„Oh ja!", bemerkt Anne. „Viele Kirchen wären dann kahl."

„Nicht nur die!", führt der Professor fort. „Auch die ganzen Paläste und Gebäude, die sie besitzen."

Elias schaut wieder zu dem Mann im schwarzen Anzug und Hemd mit Krawatte. Der telefoniert gerade und schaut zu den Dreien herüber.

„Ich will ja keine Panik verbreiten. Aber diese schwarz gekleideten Typen werden wir nicht los. Rechts an der Seite steht wieder einer und beobachtet uns schon die ganze Zeit."

Anne und der Professor schauen zu ihm rüber.

„Dann sollten wir lieber gehen.", schlägt Lefoé vor.

„Ja, aber getrennt.", entgegnet Elias. „Jeder durch einen anderen Ausgang und wir treffen uns am Auto wieder."

Sie stehen auf und umarmen sich gegenseitig, als würden sie sich verabschieden.

„Mon dieu! Passt gut auf euch auf, Kinder!", gibt ihnen der Professor mit auf den Weg.

Dann trennen sie sich und verlassen die Kathedrale in verschiedenen Richtungen durch die offenen Haupt- und Seitentüren.

Vatikanstadt, in einem der Flure

Menzinger und ein weiterer Kardinal stehen zusammen an einem Fenster und reden leise miteinander. Er berichtet dem anderen Kardinal die Neuigkeiten, die er über den Geheimdienst erfahren hat.

Der Kardinal runzelt die Stirn. „Was wollen sie nun unterneh-men, Menzinger?"

„Wir sollten alles daran setzen, dass die zehn Bücher und das ursprüngliche zurück kehren, wo sie hin gehören. In unsere gesicherte Bibliothek, wo alle Schriften der Aufklärung stehen, die unserem Bild nach außen hin schädlich sein können. Es ist die neue Hauptaufgabe unseres Geheimdienstes und er kann nun beweisen, wozu er fähig ist."

„Sie wissen aber schon, dass einige Klöster im Norden Italiens dem Orden der Benediktiner gehören?", gibt der Kardinal zu Bedenken.

„Das weiß ich. Aber auch da werden wir Wege finden, wenn sich das ursprüngliche Buch in ihren Händen befindet."

„Verletzen sie dabei nicht die kirchlichen Hierarchien! Das könnte zu einem großen Eklat in der Kirche führen. Vorsicht und Feingefühl ist da gefragt. Ich weiß, dass sie sehr prinzi-pientreu sind und auch durchsetzen, was sie als ihre Aufgabe ansehen. Dennoch ist äußerste Vorsicht gefordert! Ich denke, dass seine Heiligkeit davon sicher nichts weiß!"

„Bisher noch nicht.", räumt Menzinger ein. „Aber wenn diese Schriften verschlossen in der Bibliothek stehen, wird er sicher die geheime Notwendigkeit der Unternehmung ver-stehen. ...und wir haben ein großes Chaos unter den Menschen auf unserer Erde verhindert. Das allein sollte für uns Motivation genug sein!"

„Wie meinen sie, für uns?" – „Ich denke, dass sie mich dabei unterstützen werden. Sie haben ebenso großen Einfluss und eine hervorragende Verbindung zu seiner Heiligkeit."

„Moment mal, Kardinal Menzinger!" – „Nun seien sie mal nicht zu förmlich. Erkennen sie nicht die Notwendigkeit dieser Un-ternehmung? Ich gibt schon genug Wellen, die in der letzten

Zeit durch das Thema aufgekommen sind. Es ist an der Zeit, sie so schnell wie möglich zu glätten. Bevor die ganze Weltbevölkerung durch die Medien darauf aufmerksam wird."

„Beim Letzteren stimme ich mit ihnen überein, keine Frage! Aber dennoch sollte äußerste Vorsicht und Sensibilität eingesetzt werden! Sie wissen, wie wichtig das ist. Nicht nur für die Kirche, vor allem für sie und mich."

„Daraus entnehme ich, dass sie mich dabei unterstützen werden. Ich danke ihnen!"

„Wir sitzen nun mal in einem Boot, da kann ich mich wohl schwer der Verantwortung entziehen. Wollen sie die anderen Mitglieder darüber informieren?"

„Ich denke, momentan noch nicht! Später dann." – „Gut, dann sollten wir in ihrem Büro darüber weiter reden und schauen, wie wir die Sache am Besten angehen."

„Sehr gern!", entgegnet Menzinger und die beiden Kardinäle verlassen den Flur durch eine der Türen.

Yukatan, Büro von Senior Torres

José Torres sitzt an einem schweren Holzschreibtisch, ihm gegenüber ein Mann im grauen Anzug mit weißem Hemd, oben etwas weiter geöffnet. Torres schaut ihn erwartungsvoll an: „Sie haben das erste Buch übersetzt?"

„Ja, Senior, das habe ich. Ich muss feststellen, dass diese alte Sprache schon einer Kunst des Verstehens gleich kommt. Dennoch habe ich etwas Bemerkenswertes herausgefunden."

„Ich bin ganz Ohr!", unterbricht ihn Torres.

„Im Eingangstext von LEGATUM I ist die Rede von nicht sieben Büchern, sondern von zehn. In denen sei all das Wissen des einen großen Buches zu finden und der ganze Weg der Erkenntnis, der zur versunkenen Stadt führe."

„Sie sprechen in Rätseln mein Freund!" Torres ist verwirrt. „Sie meinen, dass es zehn Bücher gibt und ich nur die ersten fünf davon besitze?"

„Genau das meine ich." Er öffnet die dicke Mappe, in der die Übersetzungen der einzelnen Seiten liegen. Torres steht auf und geht zum großen Fenster, das den Blick auf die große Terrasse mit dem Pool und dem wunderschönen Garten freigibt. Dann dreht er sich um:

„Ich habe gerade mal die Hälfte des Wissens, um diese Reise überhaupt durchzuführen. Das bedeutet, dass die restlichen fünf Bücher irgendwo da draußen unterwegs sind und wir sie nicht nur aufspüren müssen, sondern uns beschaffen! Da kommt noch einmal ordentlich Arbeit auf uns und natürlich auf sie zu. ...und die Reise steht kurz bevor." Er reibt sich das Kinn und geht zum Schreibtisch zurück. Nachdem er die Mappe gereicht bekommen hat, öffnet er sie und setzt sich hin. Doch kurz darauf legt er die Stirn in Falten.

„Was ist das denn?" – „Was meinen sie, Senior Torres?"

„Geht das auch etwas verständlicher für mich?" – „Das ist das, was ich vorhin sagte. Es kommt einer Kunst des Verstehens gleich, diesen Text zu lesen und vor allem zu erkennen, was gemeint ist."

„Es bedarf der Kunst des Lichts, um zu sehen und zu erkennen. Des Herzens Weite öffne, damit du siehst, wohin du gehen wirst. Nur so kannst du die Schrift verstehen und lernen.", liest José Torres vor. „Was soll das bedeuten? Was für ein Chinesisch-Latein ist das denn?"

„Das alte Latinum, Senior, um genau zu sein. Doch sie müssen bedenken, dass all die Bücher damals in dieser Art und Weise geschrieben wurden und wir hier sehr altes und verschlüsseltes Wissen vorfinden..."

„...ja ja ja ja, ich weiß ja!", unterbricht Torres ihn. „Aber dafür bezahle ich sie nicht! Sie sollen mir das so übersetzen, dass jeder normale Mensch damit etwas anfangen kann. Wenn ich für die Art des Textes noch einen Dolmetscher brauche, komme ich hier kein Stück weiter. Wenn sie Geld für ihre Arbeit sehen wollen, dann sollten sie es so übersetzen, dass ich damit auch etwas anfangen kann. Ich hoffe, wir verstehen uns?"

„Ja, natürlich, Senior Torres.", entgegnet er etwas genervt. „Ich werde ihnen den Text noch verständlich übersetzen und mich dann an die anderen vier Bücher machen."

„Beeilen sie sich! Die Reise steht kurz bevor und ich brauche diese Texte. Sie sind für die Unternehmung wichtig!"

„Ich werde alles in meiner Macht stehende tun, um ihren Wunsch zu erfüllen!"

„Das sollten sie, mein Freund! Es hängt sehr viel davon ab. Auch für sie!" Er macht eine Geste, dass sein Gegenüber aufstehen und gehen soll, was er gleich befolgt. Mit „Einen schönen Tag noch, Senior!" verabschiedet er sich an der Tür und verschwindet.

Torres steht auf und geht zurück zum Fenster. *Zehn Bücher, ganze zehn und ich besitze nur die Hälfte davon. Die ersten Fünf. Wie weit soll ich damit kommen? Ich muss mir etwas einfallen lassen. Dem Großmeister wird es nicht gefallen, wenn er erfährt, dass wir bisher nur die Hälfte der Arbeit erledigt haben. Ich werde ein paar Männer darauf ansetzen...*

Einen Tag später
Kurz vor der Grenze zu Italien

Das Auto der Drei fegt über die Landstraße und legt plötzlich eine Vollbremsung hin. Der Professor springt hinten aus dem Wagen und läuft ein Stück zurück. Die Fahrertür springt auf und Elias steigt aus. „Professor!!", ruft er ihm hinterher, aber der reagiert nicht und läuft schnurstracks auf das Schild zu. Auf der Beifahrerseite steigt Anne aus.

„Er macht mich langsam fertig.", ruft Elias Anne rüber. „Kommen sie zurück, Professor!"

Aber Lefoé überhört Elias Worte. Dem bleibt nichts weiter übrig, als Lefoé zu folgen. Der Professor hingegen beginnt, das Schild abzuschrauben. Was ihm aber nicht besonders gelingt.

Dann steht Elias neben dem schraubenden Professor: „Professor! Wir können nicht ständig anhalten, nur weil sie ein besonders schönes Schild gesehen haben. Wo sie meinen, dass sie es noch nicht besitzen. Wir sollten heute noch in Italien ankommen. Immerhin haben wir uns da für heute Nachmittag angemeldet."

„Qui, mein Junge. Kannst du mir bitte einmal helfen? Ich bekomme das Schild nicht ab."

„Hören sie mir überhaupt zu, Professor?" – „Qui, mein Junge. Hilfst du mir bitte?"

Elias atmet tief durch und dann schaut ihn der Professor noch mit einem Dackelblick an, dass er nicht widerstehen kann. Er nimmt den Schraubenzieher und dreht mit viel Kraft die erste, verrostete Schraube heraus.

„... und nennen sie mich nicht immer: mein Junge!", platzt es dabei aus ihm heraus.

„Qui, mein Junge!", antwortet Lefoé darauf.

„Schauen sie wenigstens, dass uns keiner hier beobachtet." –
„Qui, mein..." Elias schaut ihn an und der Professor verstummt.
Dann dreht er die zweite Schraube heraus und hat das Schild in
der Hand.

„Das ist definitiv das letzte Schild auf dieser Fahrt!" – „Qui,
mein Junge. Oh, mon dieu! Pardon! Qui... Merci!" Der Professor
nimmt das Schild und sie gehen zum Wagen zurück, wo Anne
lächelnd die beiden erwartet. Sie hat das Schauspiel aus der
Ferne beobachtet und musste nicht die Worte hören, ihr reich-
ten die Gestiken der Beiden.

„Lasst uns weiterfahren!", bemerkt Elias knapp und alle drei
steigen ein. Der Professor packt das Schild auf die Ablage hinten
und setzt sich in die Mitte der Rücksitzbank. Dann fahren sie
erstmal schweigend weiter. Der Professor liest in den Büchern
und recherchiert, während Anne die Karte studiert, damit Elias
den richtigen Weg fährt.

„Stopp!!!", ruft der Professor erneut von hinten und Elias geht
auf die Bremse.

„Was ist denn jetzt schon wieder?", fragt Elias genervt und Anne
schaut ihn etwas böse an.

„Sorry, Professor! Was gibt es denn?"
Aber Lefoé nahm Elias' Ausrutscher nicht einmal wahr. Er
schaut sich zwei Zeichnungen in den Büchern an und bemerkt
nur, ohne die Beiden anzusehen: „Mon dieu! Das solltet ihr
euch anschauen!"

Anne und Elias steigen aus und hinten wieder ein, nehmen den
Professor in ihre Mitte. Da schaut Lefoé Elias an und guckt noch
einmal genauer an seinen Hals.

„Was haben sie, Professor?", möchte er wissen.
„Mon dieu, du hast da am Hals ein kreisförmiges Muttermal,
hier unten rechts." – „Ja, das hatte mein Vater und Großvater

auch. Ist wohl vererbbar. So eine Art Markenzeichen unserer Familie."

„Also, Kinder, passt auf!", beginnt Lefoé. „Ich habe mir die zwei Zeichnungen angesehen. Zum Einen ist das der Aufbau des Baums des Lebens, wie wir ihn in der jüdischen Mythologie finden. Er wird der kabbalistische Lebensbaum genannt. Zum Anderen einen Grundriss der versunkenen Stadt, welche Dein Großvater anfertigte. Er schreibt, dass sie mit einem Kleinflugzeug über die Anlage flogen und er von oben diese Skizze zeichnete. Später dann haben sie die Bedeutungen der Bauten und Plätze hinzugefügt. Das heißt, dass sie in der Stadt waren."

„Darüber hatte er nie ein Wort verloren.", stellt Elias fest und er merkt, wie ihn langsam das Abenteuerfieber packt. Es geht ihm nicht mehr nur um die Erkenntnis und die Hintergründe von Renés Tod, sondern er möchte selbst diese Stadt sehen. Das Erbe seiner Familie endlich zu Ende führen.

„Wenn wir nun beide Zeichnungen vergleichen,...", fährt Lefoé fort. „...was stellt ihr dann fest?"

Anne und Elias schauen sie sich an.

„Oh mein Gott!", rutsch es Anne heraus. „Der Aufbau ähnelt sich. Ich würde fast sagen, sie sind gleich."

„Qui, Kindchen. So ist es! Ich erkläre es euch: Es gibt die zehn Sephiroth, die in der Einzahl Sephira heißen und übersetzt Zahl bedeuten. Der kabbalistische Lebensbaum beginnt oben mit der Sephira Kether, die für die eins steht, und endet unten mit Malchuth, die für die zehn steht. Wie ein Baum, von der Krone bis zur Wurzel. Diese zehn Sephiroth sind durch zweiundzwanzig Pfade miteinander verbunden. Die oberste ist Kether, wie ich bereits sagte und steht für die Krone, den ersten aufleuchtenden Punkt. In der Stadt befindet sich dort der Platz des Königsgrabes. Zur linken befindet sich der Tempel des Wissens. Im Lebensbaum ist dort die Sephira Binah, die für Verstand und Intelligenz steht. Gegenüber ist im Lebensbaum die Sephira Chochmah, die für die göttliche Weisheit und die Schöpfung steht. In der Stadt ist an dem Punkt der Tempel der Schöpfung, des göttlichen Lichtes. Unter der Sephira Binah befindet sich Gewurah, die für Gerechtigkeit, Stärke und Macht steht. In der Stadt wiederum ist dort der Palast, in dem gerichtet und entschieden wurde. Dem gegenüber steht der Tempel der Gnade.

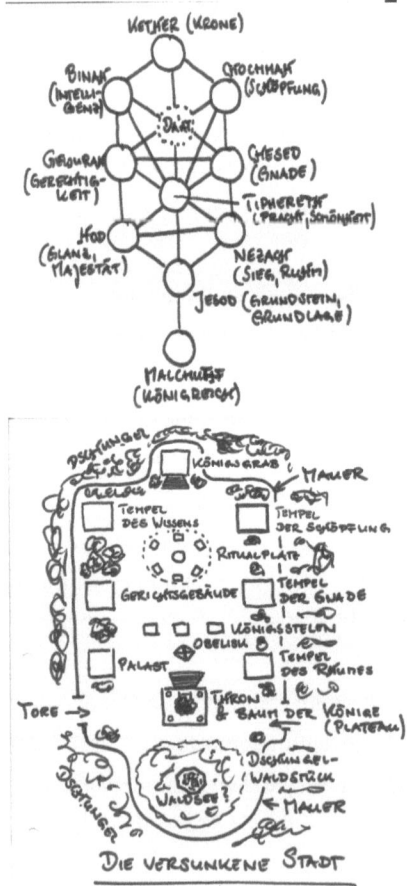

Hier ist es die Sephira Chesed, die für die Gnade und Barmherzigkeit steht. Auch die Liebe wird damit verbunden. ...und wie wir wissen, ist der Zug der Gnade ein Ausdruck von Liebe gegenüber dem Leben und dem Menschen. Verbindet man die vier Sephiras Binah, Chochmah, Gewurah und Chesed, dann erhält man in der Mitte das Da'at, welches im kabbalistischen Lebensbaum Erwähnung findet und oft als elftes Schein-Sephira bezeichnet wird. Es repräsentiert den Zustand, in dem alle göttlichen zehn Sephiroth mystisch vereint sind. In der Stadt befindet sich dort der Platz, an dem alle Rituale für die Götter vollzogen wurden. Schon merkwürdig, oder?"

„Um nicht zu sagen, erstaunlich.", antwortet Anne, während Elias bestätigend nickt.

„Doch es wird noch besser!", berichtet der Professor weiter. „Unter der Sephira Gewurah finden wir die mit dem Namen Hod. Die steht für Majestät und Glanz. In der Stadt steht dort der Königspalast. Ihm gegenüber der Tempel des Ruhmes. Im Lebensbaum ist dort die Sephira Nezach, die für Sieg und Ruhm steht. Wie aber auch für die Ewigkeit und das Blut. Verbindet man nun wieder die Sephiras Gewurah, Chesed, Hod und Nezach, dann erhält man in der Mitte die Sephira Tiphereth. Die steht für die Pracht, Schönheit und Verherrlichung. In der Stadt stehen an der Stelle die Königsstelen und ein Obelisk. Interessant ist die Verbindung zu dem alten Volk der Maja, die ebenfalls Königsstelen aufstellten.

In der Mitte unter den Sephiras Hod und Nezach befindet sich ein weiteres mit dem Namen Jesod. Diese steht für den Grundstein, die Grundlage. Das kommt dem Stamm eines Baumes gleich, der tief in der Erde verwurzelt ist. In der Stadt befindet sich dort der Baum der Könige, zu dessen Füßen der Thron des Königs steht. All das befindet sich, wie es so aussieht, auf einem Plateau. Ganz unten im kabbalistischen Lebensbaum ist die Sephira Malchuth, die für Königreich steht. Spannender Weise ist dort in der Stadt ein Dschungelwaldstück, um das die Mauer der Stadt herumgeht. Links und rechts zum Plateau mit dem Baum der Könige befinden sich die Eingangstore. Sonst ist die Stadt von einer Mauer umgeben. Merkwürdig ist nur, warum sie um das Waldstück herumführt."

„Sie hätten sie auch quer durchbauen können.", stellt Elias fest.

„Qui, das stimmt. Aber da befindet sich der Punkt Königreich. Dein Großvater hat in der Mitte des Waldstücks ein Achteck gemalt und schrieb daneben Waldsee mit einem Fragezeichen dahinter. Ich vermute eher, dass dies gar kein See ist."

„Sondern?", fragt Anne dazwischen.

„Das Dach des versunkenen Tempels." – „Wie jetzt?", hakt Elias nach.

„Nun, wir wissen noch nicht, was der Tempel beherbergt. Auch wenn dein Großvater schreibt, dass dieses Achteck bläulich schimmert, kann ich mir kaum vorstellen, dass dies ein See ist. Warum sollten sie ihn mitten in diesem Waldstück anlegen und vor allem die Mauer darum bauen?"

„Hmm... Vielleicht ist es auch der Eingang zum Tempel, der unter Wasser steht.", bringt Elias als Vorschlag in die kleine Runde.

„Wäre möglich.", stimmt Anne zu.

„Qui, aber um das herauszufinden, müssen wir dorthin." – „Sie haben Recht, Professor!", stimmt Elias zu.

„Oh, mon dieu! Da hat einem aber das Abenteuerfieber gepackt!", stellt Lefoé fest und Elias nickt grinsend mit dem Kopf.

„Dann sollten wir weiter fahren, mein Junge! Gib Gas und bringe uns zum Kloster der Wahrhaftigkeit!"

Vatikanstadt, im Büro des Kardinals Menzinger

Kardinal Menzinger sitzt an seinem Schreibtisch, vor ihm steht der Mitarbeiter des Geheimdienstes.

„Was gibt es Neues für mich?", will er von ihm wissen.

„Euer Exzellenz, seit dem Anschlag auf das Europäisch Archäologische Institut beobachten wir Anne Lloyd, die persönliche Assistentin des verunglückten René Lethard."

„Verunglückt klingt gut...", unterbricht ihn der Kardinal.

„Sie ist unterwegs mit einem älteren Herrn, Professor Pierre Lefoé. Der ebenfalls sehr eng mit Lethard zusammenarbeitete. In Brüssel gesellte sich Elias Stiermann hinzu, der LEGATUM X besitzt, sowie das persönliche Tagebuch seines Großvaters, Oscar Stiermann. Er arbeite im dritten Reich für die Nazis und unternahm eine Reise nach Zentralafrika.

Alle drei bewegen sich in Richtung Italien und machten vorher noch einen Zwischenstopp in Paris. Dort erledigte Professor Lefoé ein paar Behördengänge, bevor sie weiterfuhren.

Was sie genau nach Italien führt, wissen wir nicht. Wir vermuten, dass sie dem Geheimnis der Bücher auf der Spur sind und das eine, ursprüngliche Buch suchen. Eventuell gibt der Großvater in seinem Tagebuch Hinweise darauf und sie halten sich an seinen Aufzeichnungen. Was noch sehr interessant für sie sein dürfte..." Er unterbricht und weitet ein wenig seine Krawatte, öffnet den Hemdknopf darunter.

„Alles in Ordnung mit ihnen?", möchte Menzinger wissen.

„Ja, euer Exzellenz. Es ist nur sehr heiß heute und in den Räumlichkeiten sehr warm."

„Wohl wahr, das Wetter ist drückend heiß und sehr anstrengend. Aber mal ganz ehrlich, wenn sie in einem schwarzen Anzug, mit schwarzem Hemd und Krawatte hier herum laufen, ist das kein Wunder. Nehmen sie die Krawatte ab und öffnen sie ihr Hemd ein Stück. Dann können sie besser atmen. Sie können auch das Fenster öffnen, damit wenigstens ein kleiner Windzug durch das Zimmer geht."

Der Mann folgt seinen Aufforderungen, nimmt die Krawatte ab und öffnet das Hemd ein Stück. Dann geht er zum Fenster und betätigt die Schließe. Als es offen ist, setzt er das Sakko ein Stück nach hinten und das Hemd folgt ihm. Kardinal Menzinger beobachtet ihn genau und erkennt am Nacken das Oberteil eines Tattoos. Es sieht aus wie ein Griff eines Schwertes, vor dem ein nach hinten hängender Kopf zu sehen ist. Er steht auf und geht leise auf den Mann zu. Da kann er das ganze Tattoo besser sehen: es ist ein Engel, der die Flügel hängen lässt und ebenso den Kopf nach hinten. Dahinter ist ein Schwert zu erkennen. Solch ein Tattoo hat er noch nie gesehen.

„Nun, was wollten sie mir noch berichten?", fährt der Kardinal fort und der Mann dreht sich ruckartig zu ihm um. Doch Menzinger lässt sich nichts anmerken.

„Ja, entschuldigen sie, euer Exzellenz!" – „Alles gut! Sie müssten nun ja besser atmen können! Also, fahren sie bitte fort!"

„Der Großvater von Elias Stiermann, Oscar Stiermann, war zusammen mit einem Mönch auf dieser Reise. Sein Name lautet Pater Pedro und er war damals 27 Jahre alt. Für den jungen Pater war es sozusagen eine Art Bildungsreise."

„Pater Pedro sagen sie?" – „Ja, euer Exzellenz!"

„Bekommen sie mehr über den Mann heraus und behalten sie die drei Personen im Auge! Ich möchte über ihre Schritte und Aufenthaltsorte informiert werden!"

„Jawohl, euer Exzellenz! Wenn ich mir noch erlauben dürfte?" – Der Kardinal nickt.

„Ich habe noch einen Mitarbeiter von uns auf Reisen geschickt.

Er fliegt zuerst nach St. Petersburg, dann nach Jerusalem und zum Schluss nach Alexandria, um die drei Bücher hierher zurück zu bringen. Er reist sozusagen als Priester in persönlichem Anliegen."

„Sehr gut. Auch da möchte ich über Erfolge, oder auch Misserfolge unterrichtet werden! Wobei ich Letzteres natürlich ausschließe."

„Keine Frage, euer Exzellenz!" – „Dann war es das erstmal für heute! Sie können wieder zurück an ihre Arbeit gehen und lassen sie ihre Krawatte ab. Wir sind hier doch unter uns."

Der Mann nickt erleichtert und verlässt das Büro des Kardinals. Der nimmt sich einen Stift und ein weißes Blatt Papier und skizziert das Tattoo.

Norditalien, zu Füßen eines Klosters

Das Auto der Drei kommt zum Stehen und Elias steigt aus. Anne und der Professor folgen ihm auf der Beifahrerseite.

„Also laut der Beschreibung deines Großvaters müsste es das Kloster sein.", stellt Lefoé fest.

„Das sagten sie bei dem anderen Kloster auch schon.", entgegnet ihm Elias.

„Pardon! Mon dieu, einmal darf man sich doch wohl irren!"

„Schon gut, Professor. Alles gut, war nur ein Scherz."

Aber Lefoé grinst nicht. Er blättert im Tagebuch. „Ja, diesmal bin ich mir sicher. Das Anwesen passt sehr gut zu der Beschreibung hier im Buch. Das muss das Kloster der Wahrhaftigkeit sein!"

Elias hat indessen sein Handy herausgeholt und ruft an. Anne hingegen beobachtet nur das Schauspiel. Dann schaut sie zum Kloster hinauf und versucht sich die Stille und Ruhe in dessen

Mauern vorzustellen. *Endlich einmal unbeobachtet sein! Kein Typ in schwarzen Klamotten, der einem folgt und auf die Nerven geht. Einfach nur Ruhe...*

„Professor, diesmal haben sie Recht!", beendet Elias das Telefonat und holt Anne damit aus ihren Tagträumen. „Wir werden bereits erwartet. Wir sollen das Auto einfach auf dem Parkplatz im vorderen Innenhof parken. Dort erwartet uns ein Bruder Michael, der uns zu unseren Unterkünften bringen wird."

„Na das klingt doch großartig!", bringt Anne sich ein. „Dann können wir etwas Essen und uns erstmal von den Strapazen der letzten Tage erholen."

„Kindchen, das ist kein Urlaub hier!", unterbricht sie der Professor. „Wir sind auf der Suche nach Pater Pedro und den Geheimnissen der zehn Bücher."

„Ja, ich weiß, Professor!", antwortet sie etwas enttäuscht.

„Ich würde sagen: lasst uns einsteigen und hoch zum Kloster fahren! Heute können wir uns ja erstmal ausruhen und morgen sehen wir dann weiter. Ich denke mal, dass heute Abend sowieso nicht mehr viel passieren wird. Abendessen, Abendgebet und dann geht es ab ins Bett."

„Abendgebet?", räuspert sich der Professor. „Das kann ich gut und gern weglassen. Das könnt ihr ohne mich vollziehen."

„Denken sie daran, Professor, hier müssen wir uns eingliedern.", erinnert ihn Anne.

Elias nickt bestätigend. „Wir sind zwar ihre Gäste, aber nehmen auch an ihren Ritualen teil. Dazu gehört auch das Abendgebet."

„Nun gut, wenn es dann sein muss. Beten muss ich ja nicht. Ich sitze nur so da und bewundere die schöne Kirche. Denn so prachtvoll wie das Kloster wirkt, ist sie das bestimmt."

„Das ist auch eine Alternative.", entgegnet ihm Elias.

Die Drei steigen ein und Elias dreht auf der Straße und biegt in die abgehende, zum Kloster hoch, ein.

Yukatan, im Büro von José Torres

José Torres sitzt an seinem Schreibtisch und liest angestrengt die Übersetzung. Er setzt immer wieder ab, schüttelt den Kopf und flucht vor sich hin. „Wie soll ich das entziffern, wenn die damals solch eine bekloppte Ausdrucksweise gewählt haben? Mit dem Herzen sehen und lesen… So ein Schwachsinn! Ich sehe mit meinen Augen und lese auch damit. Dieser Schwachsinn soll uns zum verborgenen Schatz bringen?"

Es klopft an der Tür und Torres bittet die Person herein. Ein Mann mit schwarzen, nach hinten gegelten Harren im schwarzen Anzug, ebensolchem Hemd und Krawatte betritt das Zimmer und kommt an Senior Torres Schreibtisch. Der mustert ihn und schaut an ihm vorbei: „Sie sind allein?"

„Ja, Senior. Mein Helfer war zu gesprächig und fiel ständig auf. Da habe ich ihn zur Sicherheit liquidiert."

„Sehr weise Entscheidung.", lobt ihn Torres. „…und haben sie alles dabei?"

„Ganz wie sie es wünschten.", entgegnet er ihm und nimmt ein kleines Päckchen in Leinen verpackt aus seiner Anzugtasche heraus. Vorsichtig legt er es Torres auf den Schreibtisch. Dessen Augen funkeln vor Begeisterung. Vorsichtig packt er es aus und dann werden die zwei Goldplatten mit den eingravierten Hieroglyphen sichtbar.

„Du meine Güte!", rutscht es José bei dem Anblick heraus. „Sie haben großartige Arbeit geleistet, mein Freund! Ich bin sehr stolz auf sie!"

Der Mann im schwarzen Outfit bedankt sich. Torres holt indes einen dicken Umschlag aus dem Schließfach des Schreibtischs und reicht es ihm herüber: „Die vereinbarte Summe. Nun müssen sie sie ja nicht mehr teilen. Hat sie auch keiner beobachtet, als sie auf mein Grundstück fuhren?"

„Ich wurde weder verfolgt, noch fiel mir an der Einfahrt etwas Ungewöhnliches auf."

„Sehr gut. Ich sehe, sie sind wirklich ein Profi. Ich hätte sie gern bei der Reise zur versunkenen Stadt dabei. Ich denke, sie könnten mir da sehr von Nutzen sein."

„Wenn sie es wünschen, Senior, bin ich dabei!"

„Sehr schön! Doch nun erholen sie sich erstmal von der Reise und genießen ein wenig die Sonne und das Meer!"

„Sehr gern! Vielen Dank!" Der Mann verbeugt sich leicht und geht zur Tür.

„Ach, was mir noch einfällt!", hält Torres ihn auf. „Haben sie ihren Begleiter kurzer Hand entsorgt?"

„Keine Sorge, den findet so schnell keiner!", entgegnet er ihm, während er sich umdreht. „Der ist gut verscharrt."

Senior Torres nickt grinsend. „Sehr schön! Ich melde mich bei ihnen."

Der Mann nickt, öffnet die Tür und verlässt das Zimmer.

José packt indes die Goldplatten wieder ein und schaut danach zufrieden aus dem Fenster. *Ich werde nachher gleich dem Großmeister davon berichten. Das wird ihn freuen und milde stimmen, nachdem er sich das letzte Mal sehr über meine delitante Arbeit, wie er sie nannte, so aufgeregt hatte. Solch ein Fehler darf mir dabei nicht noch einmal passieren!*

Vatikan, Menzingers Büro

Der Kardinal sitzt am Schreibtisch, davor steht ein Mitarbeiter des Geheimdienstes, der ihm Bericht erstattet: „Die drei zu beobachtenden Personen sind im Kloster der Wahrhaftigkeit eingekehrt. So wie es den Anschein hat, werden sie dort auch für ein paar Tage bleiben."

„Was suchen sie dort nur?", fragt sich der Kardinal halblaut.

„Na ja, euer Exzellenz, soweit wir herausgefunden haben, lebte in diesem Kloster Pater Pedro. Er ist der Einzige, der noch die Informationen zu der versunkenen Stadt und wahrscheinlich auch zu ihrem Wissen hat. Ich denke, dass sie sich dort treffen wollen, um in das geheime Wissen eingewiesen zu werden. Er hatte auch mehrfach private Verbindungen zu der Familie Stiermann, besonders zum Großvater und Vater, als sie noch lebten."

„...und da er mit dem Großvater von Elias Stiermann auf dieser Reise war, wird er es ihm gewiss auch weitergeben. Sie sollten das Kloster gut beobachten und versuchen, so viel Informationen wie möglich aus diesen Mauern heraus zu bekommen!"

„Wir sind bereits dran, euer Exzellenz."

„Ich habe noch eine Frage!" – „Sehr gern, euer Exzellenz!"

„Warum erstatten sie mir Bericht und nicht ihr Mitarbeiter, der heute Mittag bereits bei mir war?" – „Es ging ihm nicht so gut und er beendete gegen frühen Nachmittag seine Arbeit."

Menzinger mustert den Mann und steht dann auf. „Sie sollten ihn gut im Auge behalten! Ich habe da so einen Verdacht."

„Welchen Verdacht denn, euer Exzellenz? Er ist ein hervorragender Mitarbeiter und leistet vorbildliche Arbeit."

„Gerade deshalb!" – „Nun verstehe ich gar nichts mehr."

„Sie müssen das auch nicht verstehen! Wichtig ist nur, dass sie ihn gut im Auge behalten und mir Bericht erstatten. ...und lassen sie sich dabei nicht erwischen! Ich werde diesbezüglich ihre Aussage über meine Anordnung verleugnen. Ich hoffe, sie haben mich verstanden?"

Der Mann schaut ihn immer noch fragend an. Dann nickt er und geht zur Tür. Kurz davor bleibt er stehen.

„Gibt es noch etwas?", möchte Menzinger wissen.

„Sie halten ihn für eine undichte Stelle. Für jemand, der auch für andere recherchiert und ermittelt." – „So könnte man es ausdrücken. Aber dafür fehlen uns noch die Beweise und sie werden sie mir besorgen. Ich denke, nun haben sie es verstanden."

Der Mann nickt erneut, öffnet die Tür und verschwindet aus dem Zimmer. Menzinger setzt sich wieder an seinen Schreibtisch und überlegt. *Ich muss mir irgendwas einfallen lassen. Das Ganze wird mir zu heikel. Besser ist wohl, wenn ich selbst einmal im Kloster vorbeischaue. Vielleicht kann ich dem Abt etwas entlocken. Ich wollte sowieso nach Paris und kann dort einen Zwischenstopp einlegen.* Er drückt eine Taste auf dem Telefon auf dem Schreibtisch und bittet seinen Sekretär herein.

Kloster der Wahrhaftigkeit, Klosterkirche

Anne, der Professor und Elias sitzen in der letzten Bankreihe der Kirche und beobachten das Geschehen beim Abendgebet. Anne lauscht eher den Gesängen der Mönche. Der Professor und Elias flüstern miteinander:

„Als ich die Kammern gesehen habe, in denen wir schlafen, dachte ich nur: minimalistischer geht ja nun nicht mehr.", entrüstet sich der Professor.

„Na ja, sie haben eben allem Weltlichen entsagt und widmen sich der Arbeit und dem Gebet. Handyempfang haben wir auch keinen in den Mauern. Wir sind sozusagen abgeschottet."

„Diese Gesänge sind einfach wundervoll und beruhigend.", wirft Anne leise ein.

Die beiden Männer schauen sie an, lauschen einen kurzen Augenblick und nicken dann kurz.

„Aber ich sage dir gleich, mein Junge, fünf Tage halte ich es in dem Kämmerchen mit nur einem Bett, Stuhl und Tisch nicht aus. Zu dem müssen wir in einem gemeinsamen Waschraum unserer Morgentoilette nachgehen. Das übersteigt meine nervlichen Grenzen. Das bin ich einfach nicht gewohnt."

„Professor, wir müssen uns ihren Begebenheiten anpassen. Sonst werden wir der Sache nicht auf den Grund kommen. Mir gefällt es auch nicht und vor allem Anne muss da ganz schön Einschränkungen hinnehmen. Auch wenn sie den Waschraum zu einer gewissen Zeit alleine nutzen darf. Aber es war unsere gemeinsame Idee, hierher zu fahren. Nun müssen wir da durch! Es sind doch nur fünf Tage."

„Vorausgesetzt, wir treffen auf Pater Pedro und er weilt hier noch unter den Lebenden."

„Zum ersten Mal kann ich wirklich abschalten. Einfach nur wundervoll.", wirft Anne wieder ein und erntet dabei fragende Blicke der Beiden.

„Der Abt wird uns heute nach dem Abendessen empfangen. So sagte es Bruder Michael. Hoffen wir mal, dass er Recht behält! Dann werden wir hoffentlich ein paar Informationen erhalten, die wir für unsere Reise brauchen."

„Aber dreimal am Tag diese Gebete ist nun wirklich nichts für mich. Vielleicht kann ich ja im Speisesaal auf euch alle warten?" Der Professor schaut Elias verschmitzt an.

„Mit gehangen, mit gefangen. So ist es nun mal, Professor.", bringt Anne ein und beteiligt sich damit zum ersten Mal wirklich an dem Gespräch. „Wenn wir alle Informationen haben, dann sind wir hier schnellstmöglich wieder weg."

„Mon dieu, deine Worte in seinen Gehörgängen!", entgegnet

Lefoé und zeigt dezent auf die Jesusfigur über dem Altar. Dann betrachtet er zum ersten Mal richtig die Kirche.

„Irgendetwas ist hier anders.", bemerkt er etwas halblaut und hält sich schnell den Mund zu.

„Was meinen sie damit, Professor?", möchte Elias wissen und Anne nickt bestätigend.

„Es ist sehr selten, dass Kirchen in der Mitte des Raumes einen Altar stehen haben, der etwas erhöht ist und im Hintergrund der Chor vor dem Hochaltar zu finden ist, der vor der Rückwand steht. Wenn müsste er doch an der Rückwand angebracht sein. Oder irre ich mich? Jesus am Kreuz ist auch irgendwie anders. Vier Stahlseile halten das Kreuz von allen Seiten. Mir kommt das irgendwie seltsam vor."

„Hmm..." Elias mustert das Beschriebene. „Ist mir so gar nicht aufgefallen."

„Mir zuerst auch nicht. Aber wohl, weil ich dem Ganzen keine Bedeutung schenke.", erwidert der Professor.

„Na ja, ...", wirft Anne leise ein. „...ich finde die Kirche sehr prunkvoll ausgestattet und irgendwie auch sehr ehrfürchtig. Das mit dem Altar stimmt schon. Aber vielleicht wollten die Mönche, als sie die Kirche erbaut haben, eine Abgrenzung zum Volk schaffen, da sie sie bei den Gottesdiensten besuchen konnten. Immerhin ist es ein sehr altes Gemäuer und hier und da gewiss verändert worden."

„Da magst du Recht haben, Kindchen. Aber dennoch bleibe ich dabei. Irgendetwas stimmt hier im Aufbau nicht." Der Professor setzt sich wie ein trotziges Kind hin.

„Keine Ahnung. Aber auch das bekommen wir noch heraus, Professor.", beruhigt ihn Elias.

Die Mönche verlassen singend durch einen Seiteneingang die Kirche. Die Drei stehen dabei auf.

Yukatan, auf der Terrasse

José Torres kommt aus dem Garten auf die Terrasse, neben ihm einer seiner Männer.

„Hast du ihre Blicke gesehen, als ich die Goldplatten auspackte? Ihnen sind geradezu die Augen übergelaufen. Gestarrt haben sie, wie die kleinen Kinder, die das erste Mal Gold gesehen haben." Er lacht höhnisch und sein Scherge grinst dreckig. „Butterweich waren sie danach. Sie hätten mir sofort alles gegeben. Alles, was ich gewollt hätte. Aber das heben wir uns für später auf. Nun, da das Geld geflossen ist und die Aussicht auf weiteres möglich, sollten wir mit den Vorbereitungen weiter machen. Sie werden für alle Kleinigkeiten blechen."

„Aber werden sie sie auch mit auf die Reise nehmen? Ich meine, zwei behaarten nun wirklich darauf. Denen sind die Strapazen egal."

Torres mustert sein Gesicht, geht mit der Zunge vor den unteren Zähnen entlang und zieht dabei den rechten Mundwinkel hoch. Seine Augen verraten seine hinterhältigen Pläne, die er bereits ausgeheckt hat.

„Sie haben bereits Pläne dafür, Senior?" – „So ist es! Dann werden wir einmal die Strapazen verschlimmern und schauen, wie weit und lange sie uns dann begleiten wollen! Eine Heimreise ist für sie allemal möglich, die sie natürlich selbst bezahlen. Wir haben sie ja vorher gewarnt."

Ein anderer Mann betritt die Terrasse, in der Hand ein Silbertablett mit einem Brief darauf. Er reicht Torres das Tablett und der nimmt den Brief und Brieföffner herunter. Mit einem kurzen Hieb öffnet er ihn, nimmt das Schreiben heraus und während er liest, kehrt sein dreckiges Grinsen zurück.

Im Kloster, Büro des Abt

Das Büro des Abts befindet sich im Haupttrackt des Klosters, unweit der Bibliothek, die den Mönchen und Besuchern frei zur Verfügung steht. Damit auch ein wichtiger Ort der Kommunikation im Kloster wurde.

Im Büro stehen an den Wänden große Bücherregale und zwei Vitrinen mit kostbarem Porzellan und Silber. Letzteres sind eher rituelle Gegenstände. Links neben der Eingangstür steht ein großer Eichentisch mit einem schweren Ledersofa und gegenüber zwei Ledersesseln. Auf dem Tisch eine große Kristallschale voll mit Obst aus den Klostergärten. Hinten am großen Giebelfenster steht ein großer Schreibtisch, ebenfalls aus Eichenholz, mit einem Lehnstuhl dahinter. Die Decke ist reich mit Stuck und Malereien verziert und in der Mitte ziert ein großer Kristalllüster das Zentrum des Raumes.

Bruder Johannes, der Abt des Klosters, sitzt auf dem Lehnstuhl am Schreibtisch und widmet sich seinen abendlichen Schreibarbeiten. Er selbst ist Anfang siebzig und mit seinen 1,80 Meter von großer, schlanker Statur mit kurzen grauen Haaren und grünen Augen. Sein kantiges Gesicht lässt ihn sehr ernst wirken. Dennoch arbeitet er auch als Seelsorger in dem Kloster und hat neben seinem Doktor in Theologie auch sein Diplom in Philosophie gemacht. Seit knapp sieben Jahren leitet er nun schon das Kloster und hat in der Zeit einiges hier bewegt.

Es klopft an der Tür und der Abt unterbricht seine Schreibarbeit, bittet herein. Bruder Michael, ein junger Mönch, öffnet die Tür und bittet Anne, Elias und Professor Lefoé, das Büro des Abts zu betreten. Der steht auf und kommt auf die Drei zu, begrüßt sie herzlich im Kloster der Wahrhaftigkeit. Dann bittet er sie, auf der Sitzgruppe Platz zu nehmen.

„Welches Anliegen liegt ihrem längeren Aufenthalt in unserem Kloster zu Grunde?", möchte der Abt wissen.

Elias, der im Sessel neben dem Abt sitz, erzählt von den letzten Ereignissen und dem Inhalt seines Familienerbes. Dabei geht er auf das Buch LEGATUM und dem Tagebuch seines Großvaters ein. Dieses berichtet genau von seiner Reise und dem Aufenthalt in diesem Kloster, sowie von einem jungen Pater namens Pedro.

„Wir hoffen, Pater Pedro in diesem Kloster anzutreffen und über die Reise mit meinem Großvater Informationen zu erhalten. Denn wir wissen, dass er mit ihm sogar in der versunkenen Stadt gewesen ist. Dennoch wird nur von diesem einzigartigen Schatz gesprochen, aber gesehen hat ihn wohl bisher niemand."

Bruder Johannes hört ihm aufmerksam zu und beobachtet die bestätigend nickenden Gesichter von Anne Lloyd und Professor Lefoé. Er spürt ihren Entdeckerinstinkt und Eroberungswillen, ihre Entschlossenheit, das Geheimnis zu lüften.

„Wir wissen mittlerweile auch, dass zehn Bücher von LEGATUM existieren.", schließt Elias ab.

„Bisher gingen wir wissenschaftlich nur von sieben Büchern der Erkenntnis aus.", vervollständigt Anne. Lefoé bleibt in der nickenden Bestätigungsposition. Was den Abt leicht zu amüsieren scheint, denn er grinst, wenn er den Professor ansieht.

„Das klingt alles sehr interessant und auch spektakulär.", entgegnet dann der Abt den Ausführungen. „...und sie meinen hier in unserem Kloster die entscheidenden Informationen für diese abenteuerliche Reise zu finden! Hmm... Sehr interessant!" Der Abt steht auf und geht zu einer der Vitrinen. Er entnimmt ihr ein dickes Buch, das einen ledernen Einband hat.

Zuerst setzt sich Elias erwartungsvoll gerade hin. Dann bemerkt er aber, dass dieses Buch keine goldenen Verzierungen besitzt und sackt enttäuscht leicht zusammen. Was dem Abt nicht entgeht.

„Es tut mir leid, Herr Stiermann, dass ich sie etwas enttäuschen muss. Aber dieses Buch entspricht nicht ihren Beschreibungen. Es ist dennoch eines der meistgelesenen Bücher der Welt. Oder wie man oft gern zu sagen pflegt, der größte Bestseller der Literatur und auch älteste."

„Sie reden von der Bibel, Bruder Johannes.", bringt sich nun auch der Professor ein.

„So ist es. Ich möchte sie etwas fragen:...", der Abt setzt sich wieder hin und legt das Buch auf den Eichentisch. „...Kennen sie die Prophezeiung des Johannes?"

„Sie meinen die Apokalypse.", antwortet Lefoé. – „Genau, diese meine ich. Der Kampf zwischen Gut und Böse, zwischen Licht und Schatten. Zwei Seiten, die sich durch das Leben an sich ziehen, in jeder Form einer Gesellschaft spiegelten und auch heute noch präsent sind. Wie die zwei Seiten eines jeden Individuums auf Erden. Ich frage sie, haben sie ihre Licht- und Schattenseiten betreten, kennen sich genau so, wie sie sind?" Es herrscht eine kurze Stille. Dann fährt der Abt fort: „Ein jeder von uns sollte seine Stärken und Schwächen kennen. Aber genauso auch seine Licht- und Schattenseiten! Denn auf der Seite des Schattens verbergen sich all die düsteren Gedanken, die uns ab und an heimsuchen. Unsere tiefsten Gelüste, die uns gern einmal an den Abgrund führen. Die schmerzvolle Welt der Depressionen und Visionen, die man keinen Anderen wünscht. Wer einmal die Schattenseite betreten hat, weißt wie wundervoll und kostbar die des Lichtes ist. Oder sagen wir mal, sollte das wissen. Das Licht in einem jeden selbst ist im Herzen zu Hause, es strahlt von seiner Seele aus, die sich beginnt zu entfalten. Wie das Licht in uns, so leuchtet auch der Glaube in unseren Herzen. Ich habe sie Drei bei unserem Abendgebet beobachtet und musste feststellen, dass sie nicht wirklich andächtig dabei gewesen sind. Aber da sie sich jetzt in einem Kloster befinden, einem Ort des Glaubens und des Friedens, frage ich mich, was sie hier wirklich wollen? Vielleicht doch den Weg zu ihrem Glauben finden? Herausbekommen, an was sie tief in ihrem Innern glauben? Ich denke, darüber sollten sie in diesen fünf Tagen einmal nachdenken, in sich gehen. Sie alle haben die Bibel in ihrer Kammer liegen. Lesen sie ab und an einmal darin und entscheiden für sich ganz alleine, welche der beiden Seiten, Licht oder Schatten, in ihnen am größten ist und den Kampf siegreich führt! Das möchte ich ihnen mit auf den Weg in die Nachtruhe geben und wünsche ihnen einen angenehmen Aufenthalt in unserem Kloster! ...und wer weiß, vielleicht findet einer von ihnen seinen Weg auf die Seite, die ihm am lebenswertesten nicht nur erscheint, sondern am Ende auch ist."

Er steht auf und verabschiedet sich von den Dreien und lädt sie am kommenden Tag zu einem weiteren Gespräch ein.

Am nächsten Morgen

Bruder Johannes sitzt bereits an seinem Schreibtisch und kontrolliert die Post. Ein Schreiben erregt besonders seine Aufmerksamkeit und er liest es aufmerksam nach dem Öffnen durch. Da klopft es an der Tür und er bittet die Person hinein. Bruder Michael, der junge Mönch, betritt das Büro des Abts und nähert sich dem Schreibtisch.

„Sie verlangten nach mir, Bruder Johannes?" – „Ja, das stimmt. Es ging mir eigentlich um unsere drei Gäste, mit denen ich gestern Abend schon sprach. Ich hätte sie gern heute Vormittag noch einmal in meinem Büro."

„Ich bringe sie dann zu ihnen, wenn sie Zeit haben." – „...und ich habe gerade gelesen, dass seine Exzellenz, Kardinal Menzinger, auf seiner Reise von Rom nach Paris bei uns eine Zwischenstation einlegt. Die Küche möge ihn beim Essen morgen mit einplanen."

„Das richte ich gern aus." Bruder Michael will wieder gehen, als der Abt aufsteht und zu ihm hingeht: „Richten sie auch ihm die Nachricht über den Besuch des Kardinals aus und er möge sich an unsere Absprachen halten!"

Der junge Mönch nickt und dreht sich um, verlässt das Büro des Abts. Bruder Johannes atmet tief durch und geht zum Schreibtisch zurück. Dann nimmt er noch einmal das Schreiben aus Rom in die Hände, spitzt seinen Mund und schaut aus dem Seitenfenster des Zimmers.

Kreuzgang im Kloster

Anne, Elias und der Professor stehen zusammen und führen ein angeregtes Gespräch.

„Mon dieu, mir ist dieser Abt suspekt. Irgendetwas stimmt doch nicht mit ihm. Ich meine, du erzählst ihm den Grund unseres Besuches und er geht noch nicht einmal im Ansatz darauf ein. Wenn ihr mich fragt, ist der Besuch hier vertane Zeit. Außerdem hätten wir uns in einem Hotel einquartieren sollen! Ich hatte das Gefühl, auf einem Brett zu schlafen und nicht in einem Bett. Mir schmerzt heute der ganze Rücken."

„Professor, schnelles Aufgeben ist doch gar nicht ihr Ding!" – „Kindchen, wenn ich merke, dass die Zeit sinnlos verplempert wird, qui, dann ändere ich schnell den Kurs und widme mich Dingen, die uns weiter voran bringen."

„Nun ja, Professor!", beteiligt sich Elias. „Da bin ich ganz und gar bei ihnen. Nur habe ich so ein inneres Gefühl, dass wir hier richtig sind und herausbekommen sollten, warum!"

„Mon dieu, mein Junge. Der Abt wird uns gewiss nicht weiterhelfen! Non, non und non!"

„Aber Professor!", wirft Anne ein. „Ich denke auch, dass wir hier richtig sind. Hier wird etwas verheimlicht und wir sollten dahinter kommen. Vielleicht hat auch der eigenartige Aufbau der Kirche damit zu tun, wer weiß?"

Lefoé mustert ihren Gesichtsausdruck. „Nun gut. Was denkst du, mein Junge?", wendet er sich Elias zu.

„Ich bleibe dabei. Wir sollten hier bleiben und schauen, was hinter diesen Mauern wirklich gespielt wird. Der Abt ist nicht ehrlich zu uns und auch diesen Grund sollten wir herausbekommen! Mein Großvater war hier und traf den jungen Pater Pedro in diesen Gemäuern. Warum auch immer hier so eine Geheimnistuerei vollzogen wird, wir werden die Wahrheit finden. Jeder auf seine Art. Da bin ich mir sicher!

Nehmen wir einmal an, dass Pater Pedro noch lebt und in diesem Kloster verweilt. Er hat ein unglaubliches Wissen über die versunkene Stadt und die Reise dorthin. Das wäre ein Grund, ihn zu schützen, warum auch immer! Ich denke, dass wir nicht alleine der ganzen Sache auf der Spur sind. Warum sollten wir sonst verfolgt und beobachtet werden?"

„Das stimmt!", unterbricht Anne ihn und der Professor nickt.

„Selbst wenn er nicht mehr in diesen Mauern ist, dann sollten wir wenigstens herausbekommen, in welchem der Klöster er hier zu Hause ist. Soweit wird uns wohl der Abt entgegenkommen. Entweder wir wissen mehr, als unsere Verfolger, oder sie schauen, dass wir dem Geheimnis nicht zu nahe rücken. Pater Pedro spielt in dem Ganzen gewiss eine Schlüsselfigur. Deshalb denke ich, dass wir hier bleiben sollten, auch wenn die Betten hart und die Kammern spärlich eingerichtet sind."

„Nun gut.", willigt Lefoé ein. „Immerhin sind wir ja auch zwei gegen einen. Wir bleiben hier. Du, mein Junge, versuchst Pater Pedro hier zu finden. Sie werden ihn ja wohl nicht in einem Schrank oder in einer geheimen Kammer versteckt haben! Ich schaue, dass ich etwas über den seltsamen Aufbau der Kirche etwas herausfinde. ...und du Kindchen hältst Ausschau nach auffälligen Aktionen und Personen in diesen Mauern. Qui, ich denke, das ist ein Plan."

„Das denke ich auch, Professor." Anne und Elias sind sichtlich erleichtert.

Bruder Michael kommt den Kreuzgang entlang und die Drei schweigen schlagartig. Der junge Mönch bleibt vor ihnen stehen: „Unser Abt, Bruder Johannes, erwartet sie in seinem Büro. Ich führe sie dorthin. Wenn sie mir bitte folgen würden!"

Die Drei schauen sich an und Elias zwinkert dem Professor zu. Dann folgen sie dem jungen Mönch.

Vatikan, Büro des Kardinals

Menzinger sitzt an seinem Schreibtisch als die Tür aufgeht und der andere Kardinal, vom Gespräch auf dem Flur, eintritt. Er steht auf und begrüßt ihn: „Schön, dass sie so schnell kommen konnten. Was haben sie für Neuigkeiten?"

Der andere Kardinal setzt sich und gibt Menzinger eine Mappe in die Hand. Der schlägt sie kurz auf und schaut seinen Gegenüber fragend an.

„Ganz genau, Menzinger. Wir haben herausbekommen, wer der Plantagenbesitzer ist. Sein Name ist José Torres und er ist Vizemeister des Geheimbundes Lost Angels, Verlorene Engel. Wer die Position des Großmeisters hat, ist uns bis jetzt noch unbekannt. Torres verfolgt das Ziel, an die versunkene Stadt und ihr Geheimnis zu kommen. So viel ist schon einmal sicher. Interessant ist, wie das Erkennungsmerkmal des Geheimbundes aussieht…"

„Ein Engel mit nach hinten gesenktem Kopf und hängenden Flügeln vor einem Schwert.", unterbricht ihn Menzinger.

„Das stimmt. Woher wissen sie das? Sie haben ja noch nicht einmal die erste Seite des Berichtes gelesen."

„Ich habe es vermutet und wahrscheinlich unsere undichte Stelle im Geheimdienst gefunden." – „Sie sprechen in Rätseln."

Menzinger berichtet über den Mitarbeiter des Geheimdienstes und dem gestrigen Tag, an dem es so heiß war und er sich etwas bequem machte. Der andere Kardinal hört ihm aufmerksam zu und zieht dabei die Augenbrauen hoch: „Dann ist er also der Verbindungsmann für diesen Geheimbund?"

„So sieht es wohl aus." – „Was wollen sie nun unternehmen?"

Menzinger streicht sich übers Kinn und beginnt die Augen zusammen zu kneifen. Nach einer kurzen Stille antwortet er: „Nun, wir könnten ihn auffliegen lassen und vors Gericht stellen. Da wir kein eigenes Gefängnis haben, müssten wir den Fall der Justiz übergeben. Sie wissen, dass es dann dauern kann. Vor allem wissen wir nicht, ob er die gerechte Strafe dafür erfährt oder mildernde Umstände bekommt."

„Hmm…", überlegt der andere Kardinal laut.

„Es gibt aber noch eine andere Möglichkeit, bei der er uns von großem Nutzen sein kann."

„Die da wäre?" – „Nun, wir lassen ihn für uns arbeiten."

„Aber das macht er doch schon!" – „Nicht für uns Beide!"

„Menzinger, sie sprechen wieder in Rätseln!" – „Nun, der Plantagenbesitzer ist der Vizemeister dieses Geheimbundes und er besitzt 5 der 10 Bücher von LEGATUM. Wir schicken ihn einfach nach Mexiko und er soll uns die Bücher nach Rom bringen, damit wir sie in der Bibliothek im Safe verschließen können. Wenn er da lebend wieder heraus- und vor allem zurückkommt, dann können wir uns ja noch überlegen, wie wir mit ihm weiter verfahren."

Der andere Kardinal schüttelt leicht den Kopf: „Menzinger, Menzinger! Ein ausgekochter Plan. Was machen wir, wenn er nicht wiederkommt?"

„Dann hat er als Agent nicht viel getaugt. Das ist doch einmal eine richtige Aufgabe für unseren Agenten. Nun kann er beweisen, wie gut er ist!" Er grinst dreckig.

Kloster, Büro des Abts

Der junge Mönch öffnet die Tür und die Drei treten ein. Bruder Johannes begrüßt sie wieder sehr freundlich, auch wenn er bei Elias und dem Professor in skeptische Gesichter schaut.

„Nehmen sie doch Platz! Ich hoffe, sie hatten eine geruhsame Nacht und konnten ein wenig über meine Worte von gestern Abend nachdenken!"

„Uns gingen gestern Abend und auch noch heute früh eine Menge Gedanken durch den Kopf.", antwortet Elias bestimmend. „Wir fragten uns vor allem, warum wir von ihnen keine Antworten bekamen!"

„Nun Herr Stiermann, das verstehe ich sehr gut. Alles braucht und geschieht zur rechten Zeit. Menschen in Eile übersehen viel, vergessen häufig und erkennen nicht die wahren Gründe, sprich die Wahrheit an sich. Geduldig zu sein ist nicht gerade eine Stärke in ihrer Gesellschaft. Wir hier haben sie erlernt und vor allem zu pflegen gelernt. Das würde den Menschen da draußen sehr gut tun! Aber ich möchte ihnen hier und jetzt ihre Antworten geben:

Pater Pedro lebte hier, das ist wahr, und er ging mit ihrem Großvater Oscar Stiermann auf eine Reise in das Zentrum von Afrika."

Die Drei schauen sich an und ihre Verwunderung über die scheinbar plötzliche Offenheit des Abts steht in ihren Gesichtern geschrieben.

„Er kam auch von dieser Reise zurück und war ab und an bei ihnen, Herr Stiermann, im Hause zu Gast. Auch wenn es für diese Zeit nicht wirklich einfach war. Doch der Orden der Benediktiner half dabei. Es waren schwere Zeiten und wir haben uns mit ihnen arrangiert. Hier wurde unsere Geduld, vor allem die von Pater Pedro stark auf die Probe gestellt.

Pater Pedro kam dann später in ein anderes Kloster des Benediktinerordens hier in Italien. Seit dem habe ich keine Informationen mehr über seinen Gesundheitszustand erfahren. Es hieß nur, dass er sehr krank gewesen sein soll."

„Aber sie können uns doch bestimmt sagen, in welchem Kloster er unterkam!", will Lefoé wissen und die anderen Beiden nicken mit ihren Köpfen.

„Nun, dazu müsste ich mit den anderen Klöstern in Verbindung treten, was ein wenig Zeit in Anspruch nehmen würde. Ich denke mal, dass sie in dieser Zeit den Aufenthalt hier genießen sollten und vor allem den Weg zu sich selbst beginnen zu gehen. Zur rechten Zeit werde ich sie über die Neuigkeiten informieren. Ich denke mal, dass dies ein großzügiges Entgegenkommen meinerseits ist!"

„Selbstverständlich und wir bedanken uns schon einmal im Voraus bei ihnen, dass sie sich die Mühe machen!", entgegnet Elias. Der Abt nickt lächelnd.

„Deshalb möchte wir ihre Zeit auch nicht weiter in Anspruch

nehmen und uns zurück ziehen.", setzt der Professor gleich an. Der junge Mönch, der dem Gespräch schweigend beiwohnte, öffnet den Aufstehenden bereits die Tür und sie verabschieden sich noch vom Abt, bevor sie wieder gehen.

Auf dem Flur

Der junge Mönch führt sie dieses Mal einen anderen Weg entlang. Die Drei schweigen, auch wenn sich der Professor kaum zurückhalten kann. In ihm kocht die Wut über den Abt und seinen Äußerungen. *Das hätte er uns auch gestern bereits sagen können! Ein komischer Kauz, dieser Abt. Irgendetwas stimmt hier nicht! Meine Beiden haben da Recht und wir müssen herausfinden, was hier wirklich gespielt wird!*
Sie kommen an einem großen Türportal vorbei, welches in diesem hohen Flur fast erdrückend wirkt. Es ist der Eingang zur Bibliothek und als sie daran vorbeigehen, spürt Elias ein seltsames Gefühl. Als würde er beobachtet werden. Er bleibt stehen, kneift kurz ein wenig die Augen zusammen und schaut dann nach rechts. Direkt in die Augen eines alten Mannes, eines Mönches, der eine große Nickelbrille trägt. Dieses Gesicht kommt ihm bekannt vor und sie schauen sich für einen Augenblick in die Augen.
Die anderen bleiben im Flur stehen, schauen Elias an und als er ihnen wieder seine Aufmerksamkeit schenkt, macht der junge Mönch eine schweigende Geste, dass er weiter folgen soll. Elias schaut noch einmal kurz zu dem alten Mönch, der ihn jetzt anlächelt. Dann folgt er den Anderen weiter den Flur entlang.

Vatikan, Menzingers Büro

Die beiden Kardinäle sitzen am Schreibtisch und der Mitarbeiter des Geheimdienstes steht davor. Seine Nervosität ist ihm stark anzumerken. Er weiß, worum es geht.

„Nun, mein lieber Freund, was haben sie dazu zu sagen? Immerhin beschuldigen wir sie, Mitglied dieses Geheimbundes zu sein und wichtige Informationen des Vatikans weitergegeben zu haben.", fährt Menzinger fort.

„Eure Exzellenzen, ich kann ihnen nur sagen, dass dies nicht der Wahrheit entspricht."

„Aber sie haben doch dieses Tattoo am Nacken. Oder wollen sie das leugnen?", hakt der andere Kardinal nach.

„Das ist ein Relikt aus der Vergangenheit, Euer Exzellenz."

„Es ist aber nachgewiesen, dass sie Informationen an Senior Torres nach Mexiko weitergegeben haben. ...und soweit wir wissen, ist dieser Senior Torres der Vizemeister dieses Geheimbundes. Also reden wir über ein Relikt, oder eine Tatsache?"

Der Mitarbeiter schweigt. Er weiß, welche Macht die beiden Kardinäle haben und dass sie Mitglieder des Opus Dei sind. Diese Gruppe bestimmt, wohin es zu gehen hat.

„Schweigen ist auch eine Art der Antwort.", hakt Menzinger nach. Doch der Mitarbeiter ist still.

„In Ordnung. Wir schlagen ihnen einen so genannten Deal vor..."

Der Mitarbeiter zieht die Augenbrauen ein wenig hoch: „Was für einen Deal denn?"

„Nun, sie fliegen nach Mexiko, besuchen Senior Torres und sehen zu, dass sie die fünf Bücher von LEGATUM entwenden und zurück nach Rom bringen. Hier in den Vatikan, wo sie auch hingehören. Sie haben als Einziger die besten Verbindungen

dorthin." Menzinger lehnt sich nach vorn und stützt sich auf
dem Schreibtisch ab. „Das ist eine bessere Alternative für sie,
als vor Gericht gestellt zu werden und für ihre Taten zu bezahlen."

„Aber, wenn ich dort auftauche und dabei erwischt werde,
könnte ich getötet werden und das würde ihnen gar nichts bringen."

„Ob sie hier gerichtet werden, oder durch die Hände ihres Vi-
zemeisters, das bleibt doch gleich. Besser wäre es natürlich,
wenn sie mit den Büchern zurückkehren würden. Denn dann
könnten wir über das Andere hinwegsehen."

„Aber das ist ein Selbstmordkommando, Euer Exzellenz! Sie
werden die Bücher wohl nie zu Gesicht bekommen. Besser wäre
doch, wenn ich diesen Bund aushorche und ihnen mehr Informationen zukommen lasse."

„Noch mehr, als wir schon haben?", wirft der andere Kardinal
ein.

„Ich bin mir sicher, dass sie nicht alle haben!"

„Gut, wer ist dann der Großmeister?", will Menzinger wissen.

„Das kann ich ihnen leider nicht sagen. Das weiß niemand,
eventuell der Vizemeister. Sie allein stehen in Kontakt, mal per
Mail, mal per Post."

„Sehr merkwürdig." Der andere Kardinal mustert ihn genau.
„Sie wollen uns weiß machen, dass niemand weiter weiß, wer
der Großmeister ist? Was passiert, wenn der Vizemeister einmal
nicht mehr ist? Ich meine, in ihren Kreisen ist das bestimmt
kein besonderer Umstand!"

„Das kann ich ihnen leider nicht sagen. Ich weiß es wirklich
nicht!"

„Nun, dann bleibt nur die andere Alternative. Machen sie sich
bereit, packen sie ihre Sachen und morgen früh geht ihr Flug

nach Mexiko-Stadt. Mehr habe ich nicht mehr zu sagen!"
Der andere Kardinal nickt und Menzinger setzt sich wieder bequem hin.
„Wie ihre Exzellenzen wünschen!" Er dreht sich um und verlässt das Zimmer.

Nächster Tag
Klosterbibliothek

Elias betritt den großen Saal, an dessen Wände sich raumhoch die Bücherregale aneinander reihen. Alles alte Schriften, Bücher, die er noch nie gesehen hat. In der Mitte stehen Lesepulte und hinten im Erker ein großer Ohrensessel aus Leder und zwei weitere kleine Ledersessel mit einem kleinen Tisch in der Mitte. Der Blick aus den Fenstern geht hinaus in den Klostergarten, der von einer Mauer umringt ist und am Ende einen freien Blick auf das Tal gewährt. Wie ein Mund, der das Atmen in diesem Garten ermöglicht, ihn scheinbar mit Luft versorgt. Die kunstvoll gestalteten Regale, reichlich mit Gold verziert und die alten Bücher, größtenteils noch in einem Ledereinband und mit Goldschrift versehen. Dieser Saal ist ein wahres Prunkstück, vollgepackt mit den kostbarsten Büchern, die Elias je zu Gesicht bekam. *Was für ein Wissen ruht hier! Unglaublich. Von der Flut bin ich geradezu überfordert. Die Regale durchzusehen muss Tage dauern. Wahnsinn!*
Dann schaut er zur Decke, die zwei große Fresken schmückt, welche mit reichlichen Goldverzierungen eingefasst sind. Das eine Deckengemälde zeigt Kaiser Konstantins Erleuchtung vor der großen Schlacht. Das Kreuz aus Licht am Himmel, dessen Wolken auseinander gehen. Auf dem Zweiten sitzt Jesus, umringt von seinen Jüngern, auf einer kleinen Felsenanhöhe. Er

spricht gerade zu ihnen und das Bild strahl so viel Licht, Liebe und Wärme aus. Es ist aber nicht die berühmte Bergpredigt, sondern zeigt eine Szene während ihrer Wanderungen.

Elias wendet sich wieder den Büchern zu und lässt einen Buchrücken nach dem anderen an seinen Augen vorüberziehen. Plötzlich holt ihn eine Stimme aus der Stille heraus: „Kann ich ihnen bei der Suche helfen, Herr Stiermann?" Der junge Mönch, Bruder Michael, steht in der Tür.

„Vielen Dank! Nein, nein, ich wollte mich nur einmal so umsehen! Aber sie können mir vielleicht anders helfen!"

Bruder Michael kommt ein wenig auf ihn zu: „Sehr gern. Wie denn?"

„Gestern stand hier ein älterer Mönch mit einer großen Nickelbrille. Unsere Blicke trafen sich kurz und ich hatte das Gefühl, ihn zu kennen. Können sie mir eventuell sagen, wer es war? Kann ich ihn vielleicht treffen?"

„Ein älterer Mönch sagen sie? Hmm... Ich wüsste auf Anhieb nicht, wen sie meinen! Mir fällt da niemand aus unseren Reihen ein. Tut mir sehr leid, Herr Stiermann!" Seine verschränkten Arme bleiben wie ein schützendes Bollwerk unter seiner Kutte.

„Nun gut, sehr schade! Ich dachte, sie wüssten es. Immerhin haben sie uns hier vorbei geführt, einen anderen Weg vom Büro des Abts weg gewählt, als vorher."

„Es gibt viele Wege in unserem Kloster. Auch einige davon führen zu den Unterkünften. Das war keine Absicht. Da muss ich sie leider enttäuschen!"

Elias merkt, dass er nicht vorwärts kommt. Er bedankt sich und verlässt die Bibliothek. Bruder Michael schaut ihn dabei nur an und beim Verlassen hinterher. Dann öffnet er weit die Augen und denkt nach.

Klosterhof

Anne und der Professor stehen seitlich des Hofes im Schatten und sind damit auf einer guten Beobachtungsposition, kaum zu sehen. Zuvor haben sie im Kloster eine angespannte Hektik bemerkt und beschlossen, der Sache auf den Grund zu gehen.

„Ich bin gespannt, ob Elias in der Bibliothek etwas erreicht hat! Dass der alte Mönch ihn anlächelte, musste ja einen Grund haben. ...und vor allem nur Elias ansah."

„Das stimmt, Kindchen! Ich bin ebenso neugierig und glaube nun auch, dass hier irgendetwas gespielt wird und man uns die nötigen Informationen nicht geben will. Aber welche Rolle spielt der Abt dabei? Ich hätte kaum gedacht, dass mich einmal der detektivische Instinkt heimsucht und ich eines Tages solch verrückte Sachen mache!"

Anne lächelt ihn an. „Wir sind schon verrückt, Professor. Aber meine Neugier wächst immer mehr, nach jedem einzelnen Puzzleteil, das sich neu hinzufügt. Was, wenn es wirklich Pater Pedro war?"

„Hmm... Nun mal angenommen, er war es. Warum verleugnen alle hier seine Anwesenheit?"

„Das ist eine gute Frage und ich denke, dass nur ein besonderes Geheimnis der Grund dafür sein kann."

„Qui, genau so, Kindchen! ...und dieses Geheimnis ist nichts anderes als..."

Da kommt plötzlich eine schwere Limousine in den Hof gefahren und bremst stark vor dem Eingangsportal.

Die beiden sehen verwundert herüber. Dann beendet der Professor noch kurz seinen Satz: „...es kann nichts anderes als dieses LEGATUM sein, wollte ich sagen."

Anne schaut ihn kurz an und nickt zustimmend. Dann beobachten sie das Geschehen am Eingangsportal weiter. Der Abt kommt aus der Tür heraus und öffnet die hintere Tür des Wagens. Ein Kardinal steigt aus, sie begrüßen sich und der Ankömmling verweist mit einer Handgeste in Richtung Eingang. Dann verschwinden sie im Inneren des Haupthauses.

„Wer ist das?", rutscht es Anne heraus.

„Von der Kleidung her ein katholischer Kardinal. Aber was macht er in einem Benediktinerkloster?", antwortet Lefoé mit ebenso verwundertem Blick. „...und vor allem, warum hatte er es so eilig?"

Sie schauen sich immer noch verwundert an. „Wir sollten Elias suchen gehen und ihm davon berichten! Vielleicht hat er auch Neuigkeiten für uns?", schlägt der Professor vor.

„Das machen wir! Kommen sie, Professor!" Sie nimmt seine linke Hand und zieht ihn in Richtung Seiteneingang des Haupthauses.

Rom, Flughafen

Der Mitarbeiter betritt die Wartehalle des Terminals 7 und schaut sich um. Dann geht er zu den Toiletten rüber und lässt seinen Blick noch einmal durch die Halle schweifen. Man merkt ihm seine Nervosität und Vorsicht an. Immerhin begibt er sich auf eine Reise mit ungewissem Ausgang. Stetig schießen ihm Gedanken durch den Kopf, wie er das Gespräch mit Senior Torres beginnen soll. Welche Informationen lässt er ihm zukommen? ...und vor allem, was wird ihn dort erwarten?

Er öffnet die Tür zur Herrentoilette und geht hinein. Innen ist er erleichtert, dass niemand weiter auf dem WC ist. Hier hat er Ruhe, kann sich kurz sammeln und noch einmal genau überlegen. Die dritte Kabinentür ist weit offen und er geht hinein und schließt hinter sich ab. Dann setzt er sich auf die geschlossene Toilette und atmet tief durch. Streift sich mit seinen Händen durchs Haar.

Plötzlich hört er, wie die Tür aufgeht und jemand langsam herein kommt. Sein Herz schlägt schneller und heftiger. Diese Person bleibt vor seiner Kabinentür stehen. Er schaut die Tür von innen an und seine Atmung wird flacher und schneller. In ihm macht sich das Gefühl breit, dass gleich seine letzte Stunde geschlagen hat. Das Herz scheint ihm im Hals heftig zu schlagen. Die Stille wirkt erdrückend und lähmend zugleich. Dann hört er, wie sich die Person bewegt und er erkennt unter der Tür, wie sich die Schuhspitzen zu ihm wenden. Ihm bleibt kurzerhand das Herz stehen, als eine Patronenhülse mit einem Zettel darum gebunden über die Tür fliegt und vor ihm auf dem Boden zum Liegen kommt. Wie versteinert sitzt er auf der Toilette und starrt die Patrone mit dem Zettel an. Kurz darauf verlässt die Person die Herrentoilette und er atmet erstmal tief durch. *Wer war das?*, rast es durch seinen Kopf. Aber er wird die Antwort nicht finden. Nur, wenn er sich des Zettels annimmt und die Botschaft liest. Obwohl die der Patrone klar und deutlich genug ist.

Ohne aufzustehen, bückt er sich und nimmt die Patrone in die Hand. Entfernt den Zettel und beginnt ihn zu lesen:

Was willst du hier? Du solltest auf deinem Posten sein, im Vatikan! Fahre dorthin zurück und warte auf Anweisungen!

Darunter das Bild des Geheimbundes, welches auch er im Nacken als Tattoo trägt. Wieder schlägt sein Herz heftig. Schweißperlen werden auf seiner Stirn sichtbar. *Was soll ich tun? Zum Vatikan zurück? Das geht nicht. Dann sorgen andere dafür, dass meine letzte Stunde geschlagen hat. Untertauchen? Geht auch nicht. Beide Seiten würden mich finden und dann liqui-*

dieren. Bleibt nur der eine Weg: Ab nach Mexiko und das Beste daraus machen!

Er steckt die Patronenhülse und den Zettel ein, steht auf und öffnet die Kabinentür. Dann schaut er nach links und rechts und geht zu den Waschbecken. Aus seiner linken Sakkotasche holt er eine Packung Tabletten, nimmt sich eine und wirft sie kurzer Hand in den Mund. Er öffnet den Wasserhahn, bückt sich leicht und trinkt einen kräftigen Schluck.

„Aufruf für die Passagiere des Fluges Al Italia 994 nach Mexiko-City! Bitte begeben sie sich zu Ausgang 13!", ertönt es über den Lautsprecher in der Toilette. Er nimmt seine Sachen aus der Kabine und verlässt das WC, geht zum Ausgang 13.

Kloster, im Büro des Abts

Die Tür öffnet sich und während der Kardinal ins Zimmer eintritt, redet der Abt noch kurz mit Bruder Michael und bittet ihn, hier zu warten. Dann folgt er dem Kardinal und schließt die Tür. Menzinger steht bereits fast hinter dem Schreibtisch, als der Abt ihn bittet, im Gästestuhl Platz zu nehmen. Was er mit einer bestimmenden Handgeste untermauert. Der Kardinal zögert kurz und geht dann auf die andere Seite des Tisches und nimmt im angewiesenen Stuhl Platz. Bruder Johannes macht es sich in seinem Sessel gemütlich.

„Nun, euer Exzellenz, was führt sie in die Räumlichkeiten unseres Klosters?"

„Wie kurz erwähnt, bin ich auf der Durchreise nach Paris und dachte mir, ich könnte hier bei ihnen einmal kurz auf ein Gespräch hin Pause machen!"

„Worüber möchten sie denn mit mir reden?" Bruder Johannes verschränkt die Hände und stützt dabei die Ellenbogen auf den

Tisch.

„Es passieren momentan einige mysteriöse Dinge, sogar sehr schreckliche. Wenn ich den Anschlag in Brüssel betrachte."

„Das ist wohl wahr.", wirft der Abt ein. „Aber warum genau unser Kloster? Es gibt zwei weitere hier in der Gegend."

„Ich denke mal, dass sie die Hintergründe dieses Anschlags kennen!"

„Nicht im Geringsten, euer Exzellenz. Aber vielleicht können sie meinen Informationsstand erweitern?"

Menzinger beugt sich zum Abt herüber: „Es geht um ein besonderes Geheimnis, einen Schatz von unglaublicher Größe und Tragweite."

„Warum interessiert sich die katholische Kirche dafür?" Bruder Johannes wahrt die kühle Distanz. Er spürt Ärger.

„Nun, es gibt zehn Bücher der Erkenntnis mit dem Titel LEGATUM. ...und eben dieses eine wahre Buch, von dem die Anderen nur Kopien sind. Zudem nicht einmal komplett vollständig. Denn das ursprüngliche Buch enthält 14 Kapitel, während die zehn Bücher nur die ersten zehn beinhalten."

„Das klingt sehr interessant und spannend. Doch warum sind diese Bücher so wertvoll, dass sich der Vatikan selbst darum kümmert?"

„Es beinhaltet die Evolutionsgeschichte der Menschheit. Es wird sogar behauptet, dass sie neu geschrieben werden müsste. Sie können sich wohl denken, was das für die Kirche bedeutet! All das vermittelte Wissen, kirchliche Erbe der letzten Jahrtausende, würde nicht nur auf die Probe gestellt werden. Sondern zu tiefst erschüttert. Sie können sich bestimmt sehr gut ausmalen, was das für uns alle bedeutet! All die Werte und den Glauben, die wir vermittelt haben, die Treue zu unserem Vater und dessen Sohn Jesus Christus, dürfen nicht derart auf den Prüfstand gestellt werden! Deshalb ist es sehr wichtig, dass dieses Wissen so schnell wie möglich wieder verschwindet und das Chaos, was es auslösen würde, verhindert wird."

„Hmm..." Der Abt lehnt sich wieder zurück. „Wenn ich das richtig sehe, sind diese elf Bücher, das ursprüngliche, wie sie es nennen, und die anderen zehn Kopien, hoch brisante Literatur. Man könnte auch sagen, ..." Er lehnt sich vor zum Kardinal: „...eine neue Linie der Aufklärung, die wohl einen recht alten Ursprung hat."

„Das ist richtig. Man spricht von dem Wissen der alten Atlanter, von vor über 58.000 Jahren. Auch wenn dieses Buch erst im späten 15. Jahrhundert gedruckt wurde. Aber auch über die Bundeslade und den heiligen Reliquien wird darin berichtet. Wissen, dass ein Teil der Kirche ist, egal welcher Glaubensrichtung und Institution."

„Etwas, was in ihrer Bibliothek stehen sollte. Verschlossen, versteht sich!"

„Es ist kaum Anlass, darüber zu witzeln! Immerhin wären sie dort sicher aufgehoben und vor der Öffentlichkeit in Sicherheit. Es geht dabei nicht nur um unsere Werte, sondern um die Sicherstellung des allgemeinen Lebens dort draußen."

„Ich finde das alles höchst interessant und dennoch stellt sich mir die Frage: Warum erzählen sie es mir zum Einen? ...und zum Anderen, warum gerade hier, mir, in unserem Kloster?"

„Wir haben erfahren, dass dieses ursprüngliche Buch in einem Kloster im Norden Italiens um 1503 seinen Heimatplatz gefunden hat. Nun, ihr Kloster ist von seinem Ursprungsbau das Einzige, was in diese Zeit hineinfällt. Weiterhin wissen wir, dass ein junger Pater Pedro in den vierziger Jahren mit dem bekannten Archäologen Oscar Stiermann auf eine Entdeckungsreise nach Afrika ging. Sie suchten nach der versunkenen Stadt, in der der größte Schatz der Menschheit zu finden ist. Auch darüber berichtet das wahre Buch LEGATUM. Deshalb schließe ich daraus, dass dieser Pater Pedro über den Verbleib des Buches und seinem Inhalt alles wissen müsste. Immerhin ist er der Einzige, der von den alten Mönchen noch hier im Kloster lebt."

Der Abt zieht eine Augenbraue hoch und muss unweigerlich an seine drei anderen Gäste denken.

„Es wäre mehr als wichtig, dass wir die Wogen der entstehenden Euphorie so schnell wie möglich glätten und die Bücher sicher verwahren!"

„Was, wenn ich ihnen sage, dass Pater Pedro gar nicht mehr unter uns ist und ich nichts von diesem Buch weiß? Genauso wenig wie irgendein anderer Ordensbruder hier in unserem Kloster."

„Es fällt mir schwer zu glauben! Denn alle Spuren führen zu ihnen, zu diesem Kloster."

„Alle Spuren meinen sie! Das heißt, dass sie schon fleißig daran arbeiten."

„Verstehen sie nicht, Bruder Johannes? Die Zeit drängt! Noch können wir die Wogen glätten!"

„Ich bleibe dabei, euer Exzellenz. Ich kenne weder Pater Pedro, noch bin ich über ein solches Buch in unserem Kloster informiert. ...und sie können mir glauben: Ich kenne mich sehr gut in diesen Mauern aus. Sonst wäre ich nicht der Abt des Klosters geworden."

Der Kardinal steht auf und hebt den Kopf leicht an. „Gut, dann denke ich, dass wir so nicht weiter kommen."

Der Abt steht ebenfalls auf. „Was auch immer sie suchen, euer Exzellenz, in diesen Mauern tun sie es vergeblich!"

Dem Kardinal ist seine Wut anzusehen.

„Kann ich noch einen weiteren Irrglauben ihrerseits aus dem

Weg räumen?", setzt Bruder Johannes nach.

„Was auch immer sie zu schützen versuchen, es kann nicht nur ihren Kopf kosten.", bringt Menzinger knirschend heraus.

„Nun, Kardinal Menzinger! Zu richten ist nicht ihre Aufgabe! Das überlassen wir besser unserem Herrn. Sie kennen die Hierarchien in unsrer Institution. Bedenken sie immer: Wer Gott spielen will, sollte wenigstens in die Nähe seines Throns gelangen. ...und ich weiß nicht, ob unser Ordinate oder gar seine Heiligkeit über ihre Arbeit Bescheid weiß?"

Menzinger schaut ihn wütend an. Dann dreht er sich um und geht zur Tür.

„Bruder Michael!", ruft der Abt und der junge Mönch öffnet die Tür. „Bringen sie seine Exzellenz, Kardinal Menzinger, zu seinem Auto. Er möchte gern weiterfahren."

Der junge Mönch nickt mit dem Kopf und Menzinger schaut noch einmal den Abt wütend an. Schüttelt den Kopf und verlässt stampfend den Raum. Bruder Michael schließt nach ihm die Tür. Der Abt sinkt in seinen Sessel zurück, stützt den linken Ellenbogen auf dem Schreibtisch ab und hält die Faust vor seinem Mund.

Zimmer des älteren Mönchs

Der Raum ist größer als die Kammern der anderen Mönche. Zudem stehen neben dem Bett und einem kleinen Nachttisch, auf dem ein kleiner Stapel Bücher liegt, ein Tisch mit zwei Stühlen, eine Kommode mit Vitrine, sowie ein Schreibpult und ein Kleiderschrank im Zimmer. In der Vitrine füllen alte Bücher die Regalböden und auch auf der unteren Ablage des Tisches finden sich mehrere Bücher. Auf dem Tisch steht eine kleine Vase mit frischen Rosen, die aus dem Klostergarten stammen.

Der ältere Mönch sitzt am Schreibpult und klebt gerade einen Umschlag zu. Er ist Mitte Neunzig, von gebrechlich wirkender Statur und 1,65 Meter groß, mit leuchtenden braunen Augen und schütterem weißen Haar. Ein kleiner Kinnbart verleiht seinem Aussehen etwas Verschmitztes und bringt seine humorvolle Art zum Vorschein. Bei seinen Mitbrüdern im Kloster ist er sehr hoch angesehen. Er studierte Theologie und Geografie und leitet die Klosterbibliothek im Hause, in der er sich bestens auskennt.

Es klopft an der Tür und er bittet darum, einzutreten. Bruder Michael kommt ins Zimmer und begrüßt den alten Mönch, der seine große Nickelbrille abnimmt.

„Was gibt es, Bruder Michael?"

„Gerade war einer der Fremden, sein Name ist Elias Stiermann, in der Klosterbibliothek und fragte nach ihnen. Ich hielt mich an die Anweisungen und habe ihm gesagt, dass ich nicht wüsste, wen er meint."

Der alte Mönch steht vom Schreibpult auf und kommt zu ihm herüber: „Das hast du gut gemacht, mein Junge. Ich habe ihn erkannt, als du sie an der Bibliothek vorbeigeführt hast. So wie wir es abgesprochen hatten. ...und ich denke, dass er mich ebenso erkannt hat."

„Was verbindet sie beide?" – „Das ist eine alte Geschichte und ich dachte, dass sie niemals mehr so ihren Lauf nehmen würde. Doch ich habe mich wohl getäuscht und bin überrascht, dass es nun so ist."

„Sie sprechen in Rätseln..."

Der alte Mönch lacht. „Später werde ich es dir erklären. Aber jetzt ist es noch zu früh."

Es klopft wieder an der Tür. „Ist ja wie in einem Taubenschlag! Herein!" Dann wendet er sich wieder dem jungen Mönch zu:

„Hier ist ein Brief. Schicke ihn bitte für mich von der Post ab.“

„Sehr gern!“ Der junge Mönch nimmt den Brief in Empfang, während der Abt das Zimmer betritt.

„Bruder Johannes! Wann kann ich für dich tun? Seine Exzellenz schon wieder fort?“

Der Abt macht noch immer ein besorgtes Gesicht und bittet den jungen Mönch, das Zimmer zu verlassen. Was er sofort befolgt.

Dann wendet sich der Abt dem alten Mönch zu: „Wir müssen dringend reden!“

Der alte Mönch zeigt zu den beiden Stühlen und sie nehmen Platz. „Was ist geschehen?“

„Es ist an der Zeit! Wir müssen handeln und zwar so schnell wie möglich! Kardinal Menzinger war da und stellte mir seltsame Fragen, erzählte von LEGATUM und das ich aufpassen müsse, wen und was ich da schütze. Er fragte auch nach Dir und ich verleugnete deine Anwesenheit hier. Die Frage jedoch ist, wie lange wir das Geheimnis noch hüten können?“

Der alte Mönch hört ihm aufmerksam zu und nickt ab und an mit dem Kopf.

„Hinzu kommt noch, dass drei Fremde hier plötzlich auftauchen und ebenso nach dem Inhalt von LEGATUM fragen und berichten, dass sie an Hand des Tagebuchs von Oscar Stiermann, den du ja sehr gut kanntest und auf seiner Reise begleitetest, dem Geheimnis auf die Spur kommen wollen. Elias Stiermann fragt nach dir und möchte unbedingt ein Gespräch mit dir führen. Es wird immer enger und wir müssen handeln, Bruder Pedro!“

Der alte Mönch steht auf. „Gut, mehr Botschaften kann man nicht bekommen. Es ist an der Zeit zu handeln und ich weiß nun, was ich zu tun habe.“

„…und an was hast du da gedacht?“ – „Ich werde Elias empfangen und ihm das beantworten, was er wissen will und sollte.“

Der Abt steht ebenfalls auf. „Ich hoffe, es ist eine gute und wohl überlegte Entscheidung!"

„Vertraue mir! Ich weiß, was ich zu tun habe!" – „Ich hoffe es!", erwidert der Abt und geht.

Klosterbibliothek

Elias Stiermann folgt Bruder Michael in die Klosterbibliothek. Er war mehr als verwundert, als dieser ihn in seinem Zimmer aufsuchte und bat, ihm zu folgen. Bis jetzt ist ihm der Grund dieser Bitte noch nicht klar geworden. Hatte er ihm doch heute früh genau hier eine so genannte Abfuhr erteilt.

In der Mitte der Bibliothek bleibt der junge Mönch stehen und verweist Elias mit einer stillen Handbewegung zum Ohrensessel im Erker des Saales. Er nickt nur und folgt dieser Aufforderung. Wen er dann sieht, kann er im ersten Moment nicht fassen: der alte Mönch mit der Nickelbrille.

Pater Pedro steht auf und reicht ihm die Hand: „Ich freue mich, Dich zu sehen, Elias!"

Er reicht ihm ebenso die Hand: „Pater Pedro? Sind sie es?"

„Ja, der bin ich. Ganz lebendig und real." – „Es freut mich, sie zu sehen!"

„Nimm doch Platz, Elias!" Er weist auf den anderen Ledersessel. Elias bedankt sich und beide nehmen in den Sesseln Platz. Aus den Fenstern heraus sieht man den Klostergarten und den Ausguck über das Tal.

„Ich habe deine Ankunft erwartet, aber lange vergebens darauf gehofft. Der Tod Deines Vaters war wohl der Auslöser?"

„Eher weniger. Doch am gleichen Tag wurde mein bester Freund René Lethard umgebracht, weil er dem Vermächtnis zu nahe auf der Spur war."

„Ich habe davon gehört. Ein sehr tragischer Zwischenfall. Es tut
mir sehr leid für dich, zwei nahe stehende Menschen an einem
Tag zu verlieren. Gewiss ein einschneidendes und tragisches
Erlebnis."

„Oh ja! ...und ich glaube, ich habe es bis heute nicht einmal
richtig realisiert." Elias stockt.

„Es ging wohl alles viel zu schnell. Das braucht seine Zeit.",
erwidert Pater Pedro verständnisvoll. „Doch was führt dich zu
mir? Worüber möchtest du mit mir reden?"

„Es sind so viele Fragen, die in meinem Kopf herumkreisen.
Von LEGATUM sagt man, dass es die Bücher eines großen
Vermächtnisses sei. Mein Großvater schreibt vom größten
Schatz der Menschheit, ihrem Vermächtnis. Worum geht es
wirklich, Pater Pedro? Was ist so brisant, dass mein bester
Freund sterben musste und wir überall auf unserer Reise hier-
her beschattet wurden?"

„Nun, mein Sohn, lass dir die ganze Geschichte erzählen! Wobei
ich den ganzen geschichtlichen Hintergrund einmal weglasse.
Den erfährst du noch früh genug.

Dein Großvater kam in dieses Kloster, als ich gerade ein junger
Pater wurde und noch Geografie studierte. Mich faszinierte die
Erde mit all ihren kostbaren Schätzen und Landschaften, den
verschiedensten Kulturen. Er übernachtete mit seinen Männern
in unserem Kloster, da in den Hotels und Pensionen keine
Zimmer mehr frei waren. Nun, nichts geschieht ohne Grund. So
kam es, dass unserer damaliger Abt, Bruder Niklas, uns vorstell-
te und nach langen Gesprächen wir dahin überein kamen, dass
ich deinen Großvater auf seiner Reise begleiten könnte. Was ich
dann für meine Studienzwecke auch tat.

Ich wollte mit dem ganzen nazistischen Gedankengut nichts zu
tun haben. Genauso wenig, wie dein Großvater! Was ich später

bei unseren Gesprächen auf der Reise herausfand. Dennoch
arbeitete er für Hitler, der immer auf mystische und geschichts-
trächtige Stätten und Gegenstände aus war. Er musste das
zehnte Buch gelesen haben, welches deinem Großvater durch
das Reichskriegsministerium übergeben wurde. Er sollte diesen
verborgenen Schatz finden, das Vermächtnis der Menschheit.
Dann hätte Hitler alle Macht in seinen Händen und nach seiner
Meinung nach den Krieg gewonnen.

Ich durfte das Buch deines Großvaters studieren und war sofort
Feuer und Flamme. Diese Stadt zu finden, war nicht nur eine
Herausforderung, sondern formierte sich sofort zu einem großen Traum bei mir. All die Strapazen, die auf uns zukommen
könnten, wie er mir erzählte, waren mir egal. Ich war wie er von
dem Fieber des Entdeckers gepackt und so machten wir uns
eine Woche später auf die Reise."

Elias hört dem alten Mönch aufmerksam zu und in ihm wird
das Gefühl wach, sein Großvater würde gerade zu ihm sprechen.
Denn Pater Pedro hat die gleiche Erzählweise, wie er sie hatte.

„Vom Hafen in Civitavecchia fuhren wir mit einem Frachtschiff
nach Alexandria. Auf dieser mehrtägigen Reise, die zu Zeiten
des Krieges nicht ungefährlich war, lernten wir uns näher kennen. Sprachen über menschliche Werte und Religionen, Glau-
bensbekenntnisse und Weltanschauungen, die nicht verschiedener hätten sein können. Aber er war nie wie ein Lehrer zu mir,
der den Zeigefinger erhob. Eher wie ein Vater, der seinem Sohn
all das eigene Wissen weitergibt, damit er die Reise des Lebens
so gut wie möglich meistern kann. Dein Großvater war ein
wundervoller Mensch, voll Wärme und Liebe, aber auch mit
starken Prinzipien. Er liebte die Menschen und das Leben, die
Vielfalt der Kulturen und was ihre Traditionen ausmachte. Ich
habe damals sehr viel von ihm gelernt. Er hat diesbezüglich

meinen kleinen Horizont stark erweitert.

In Alexandria übernachteten wir und fuhren am nächsten Tag gleich weiter nach Gizeh, dann nach Sackara. Die Stätten der alten Pyramiden, ein Ausdruck einer weit entwickelten Kultur der alten Ägypter. Faszinierend und demutspreisend zugleich.

In Aswan stießen wir auf den Hinweis über die Smaragdtafeln des Thoths und dass es in einer Höhle in Französisch Äquatorialafrika einschlägige Beweise für ihre Existenz gab. Da dein Großvater aber Archäologe durch und durch war, machten wir auf der Reise dorthin noch in Abu Simbel Station und schauten uns die Felsentempel an. Ich war von der ganzen Kultur und ihrer Architektur wie benommen. Musste es erstmal verdauen.

Unser Vorteil war es, dass dein Großvater als Diplomat reiste und wir damit zu seinem Stab gehörten und auch in die Länder reisen konnten. Zu der Zeit war es bereits mehr als brenslich, als Deutscher und Italiener durch die Kolonialgebiete Englands und Frankreichs zu reisen. Auch wenn Frankreich von deutschen Truppen besetzt war. Der Widerstand war überall. Es war eine anstrengende Reise und dein Großvater hatte nicht übertrieben. Aber dennoch nahmen wir die Strapazen in Kauf. Wir wollten die versunkene Stadt finden.

Als wir dann endlich die Höhle in dem Gebirge im Norden der französischen Kolonie fanden, konnte wir es nicht glauben, was wir dort sahen: Ein steinerner Altar mit einem auf einer Anhöhe sitzenden Jesus, der zu seinen Jüngern spricht. Zum ersten Mal wurde Jesus Christus anders dargestellt. Nicht wie gewohnt am Kreuz, sondern als Messias, der zu seinen Jüngern spricht. Auch muss der Altar sehr früh entstanden sein, denn er trug an den Eckpunkten der Altarwände das koptische Kreuz. Ein Zeichen der Christen des alten Ägyptens. Das Kreuz fanden wir zuvor in Aswan, im Säulensaal des Philae-Tempels. Im 7. Jahrhundert

war in Ägypten das Christentum stark verbreitet. Wir vermute-
ten, dass auch zu der Zeit der steinerne Altar in der Grotte entstanden sein muss. Interessant für uns war vor allem, warum so
weit ab von Ägyptens Hochkultur diese Stätte errichtet wurde!
Heute ist es das Tibesti-Gebirge im Norden des Tschads. Also
weit ab von der Nilregion in Ägypten. Zumal im Süden Ägyptens
eher das Volk der Nubier ansässig war und heute auch noch ist.
Dieser Ort gab uns viele Rätsel auf. Hinter dem steinernen Altar
befanden sich große Wandmalereien und Hieroglyphenschriften.
Es dauerte eine Weile, bis wir den Inhalt und die Bedeutung der
Wandverzierungen verstanden. Direkt hinter dem Altar war der
ägyptische Gott Thoth dargestellt, der für das Wissen steht und
als Schreiber der Götter galt. In einem Halbkreis unter seiner
Darstellung sahen wir zwölf gemalte Tafeln, in denen ganz klein
Hieroglyphen zu erkennen waren. Sie symbolisieren das alte
Wissen der Menschheit, welches bereits seit 36.000 vor Christus auf diesen Tafeln festgehalten wurde. Über ihn ein seltsames
Gebilde, ovalförmig horizontal dargestellt, mit vier Füßen und
zwei Antennen. Heute würden wir es klar als eine Art UFO de-
klarieren. Doch damals war das für uns mehr als merkwürdig.
Die Innenschriften auf den Wänden erzählten von der Erhe-
bung des Volkes der Khem, welche die Ureinwohner Ägyptens
waren. Thoth führte sie zum Licht und lehrte sie das alte Wissen,
das ebenso so alt ist, wie der neue Mensch, der homo sapiens
sapiens. Also die Menschen, die wir heute sind. Der Ursprung
allen Wissens liegt in der Zivilisation der Atlanter, der ältesten
Hochkultur der Menschheit, die circa 50.000 vor Christus unterging. Seitdem regierte Thoth über das Volk der Khem, ganze
16.000 Jahre lang. Wer die Tafeln liest und versteht, erfährt,
dass er all das Wissen mit sich nahm und mit seinem Raumschiff, so steht es in der fünften Tafel, hinüber flog zum Volk der

Khem und sie zum Licht führte, sprich, zu einer neuen Hochkultur. Es war und ist gewiss sehr komplex und für viele auch umstritten, was in diesen Tafeln steht. Doch wer sich dem alten Wissen öffnet, wird erkennen, dass alles was danach folgte, bereits schon einmal da war. Das Wissen ist so alt, wie die Menschheit selbst, es wurde nur immer wieder vergessen und neu entdeckt. So steht es geschrieben und so geschah es auch."

„Wow..." Elias ist sichtlich beeindruckt und fasziniert von der präzisen Erinnerung des Paters.

„Doch zu den Tafeln kommen wir später.", fährt Pater Pedro fort. „Nach einem längeren Aufenthalt dort setzten wir unsere Reise fort. Durch Französisch-Kongo weiter in den Süden. Der Dschungel war anstrengend, die Luft, das Klima und die Plage an Moskitos und all den anderen Insekten. Die Geräusche der Nacht waren unheimlich, wir konnten uns nur schwer daran gewöhnen. Jeden neuen Morgen empfanden wir als Geschenk und ich dankte Gott dafür, dass er uns behütete.

Eines Tages erreichten wir den großen Strom, den Kongo. Wir mussten ihn aber überqueren und das gestaltete sich schwieriger, als gedacht. Zu den Einheimischen versuchten wir Vertrauen aufzubauen, denn zu den weißen Männern hatten sie ein gespaltenes Verhältnis. Immerhin unterdrückten wir ihr Land, ignorierten ihre Kultur. Doch dein Großvater schaffte es und somit überwanden wir eine Woche später den Fluss. Oscar war sehr klug, er erlernte ihre Sprache. Verbrachte viel Zeit mit den Einheimischen und wir schlossen uns zwei Tage später an. Bis dahin hatten wir immer einen Übersetzer, aber das milderte nicht im Geringsten das Misstrauen der Einheimischen. Dass wir uns mit einreihten, war ein sichtlich schlauer Zug, sonst hätten wir den Fluss wohl niemals überquert.

Ab da ging die Reise zu Fuß weiter und die Qualen und Strapazen wurden von Tag zu Tag unerträglicher. Dein Großvater erkrankte, aber er gab niemals auf. Nach zwei Tagen kamen wir zur einer Weggabelung, die zum einen den Weg in der Nähe des Flusses Preis gab und einen anderen tiefer hinein in den Dschungel. An einer Felsenwand fanden wir einen Hinweis eingraviert. Hieroglyphen, die von der Gabelung der Weisheit sprachen und dem Irrglauben des menschlichen Individuums. Folge deinem Herzen und du wirst den richtigen Weg gehen, den des Lichtes. Da standen wir und wussten nicht, was damit gemeint war. Darunter auf der einen Seite die Sonne und auf der anderen Wolken und Blitze. Dein Großvater entschied sich, dem Fluss weiter zu folgen und damit den lichten Weg zu gehen. Später erkannten wir, dass es der richtige Weg war. Wir kamen endlich zu den Katarakten des Kongos. Ich für meinen Teil war sehr enttäuscht. Daran erinnere ich mich noch ganz genau. Die Abstufungen waren zwischen vier und fünf Metern hoch. Ich hatte sie mir damals viel höher vorgestellt. Wie man so als junger Mensch nun mal ist. Unerfahren und voll blühender Fantasie. Dennoch war ich von den herabströmenden Wassermassen beeindruckt und vor allem von den Fischern, die in dem tosenden Wasser mit ihren kleinen Booten auf Fischfang gingen. Auch hier freundeten wir uns in einem Dorf mit den Einheimischen an. Der Medizinmann erkannte den Krankheitszustand deines Großvaters und half ihm, die Symptome zu lindern. Wir wussten alle nicht, worauf er sich dabei einlässt. Immerhin kannten wir ihre Absichten und vor allem ihre Methoden nicht. Was auch immer er ihm zu trinken gab, es half die ersten Tage. Der Stammesälteste erkannte unseren Willen, sie als gleichwertig anzuerkennen und eröffnete uns nach einer Woche ein Geheimnis nach dem anderen. Schließlich brachte er uns zu einer Höhle in den Felsen des Katarakts. Was wir dort sahen, überstieg noch einmal das, was wir in der Höhle mit dem steinernen Altar gesehen haben. Ein Felsvorsprung mit Goldartefakten, Speeren, Tafeln mit eingeritzten Hieroglyphen und im Zentrum eine smaragdgrüne Tafel, ebenfalls mit Hieroglyphen und anderen Zeichen. Wir waren überwältigt und spürten, dass wir der versunkenen Stadt näher waren, als wir anfangs glaubten.

Die goldenen Tafeln beinhalteten die Hinweise, dass sie aus dem Wächtertempel zur heiligen Königsstätte waren, einem Ort, an dem alles begann. Dem Ursprung des Kommens und dem Ort des Hinausgehens. Was auch immer damit gemeint war, wir sollten es später erfahren. Auch die Speere, Helme und Rüstungsteile aus Gold sollten aus dem Wächtertempel stammen, der am Ufer des großen Stroms, der Lebensader stand. Später fanden wir nur noch Ruinen von ihm. Die smaragdgrüne Tafel sollte eine jener des Thoths sein. Da der Abend langsam hereinbrach, beschlossen wir am kommenden Tag zu dem Wächtertempel zu gehen. Der Stammesführer ermahnte uns aber, dass man an diesem Ort nicht übernachten sollte. Da die Geister der Wächter noch heute den Pfad zur Stadt bewachen und jeden Fremdling in der Stille der Nacht heimsuchen. Somit brachen wir am kommenden Morgen auf und fanden schließlich die Überreste des Wächtertempels. Selbst am Tage umgab diese Stätte etwas Unheimliches. Der Fluss hatte einen Teil des Tempels bereits verschlungen und damit war uns klar, dass die Artefakte in der Höhle wohl doch aus dem Fluss stammen mussten, wie uns der Anführer berichtete.

Dann erzählte er uns am Abend, dass er und ein weiterer Bewohner des Dorfes einmal in dieser versunkenen Stadt waren. Als sie dort nächtigten, passierten unglaubliche Dinge. Aus einem kleinen Waldstück stiegen Lichter empor und erhellten die Tempel um sie herum. Sie waren so was von verängstigt, dass sie so schnell wie möglich diese Stätte wieder verließen. Trotz seines Gesundheitszustandes bestand dein Großvater darauf, dass sie uns zu dieser Stadt führen mögen. Es kostete viel Überredungskunst, aber zwei Tage später starteten wir in den frühen Morgenstunden den zweitägigen Marsch. Wir ließen den Wächtertempel hinter uns, marschierten durch den Dschungel und wie von Zauberhand standen wir am Ende des zweiten Tages vor den Mauern der Stadt. In einer Talsenke, vollkommen im Dschungel versteckt. Wir nächtigten außerhalb der Stadt und schliefen nicht wirklich gut. Aber am kommenden Morgen wurden wir für die Strapazen entlohnt. Wir kamen durch ein fast erhaltenes Tor in die Stadt, standen vor einem künstlich angelegten Plateau mit einem steinernen Thron und dahinter einem mächtigen Baum. Wir fanden Tempel, Paläste und am Ende der Stadt das Königsgrab. Alles prunkvoll gehalten und mit Skulpturen und Schriften, die eine unglaubliche Geschichte erzählten. Dein Großvater skizzierte den Grundriss der Stadt. Am folgenden Tag wanderten wir die Stadtmauer ab, jedenfalls so gut es ging. Dabei stellten wir fest, dass sie um das Waldstück herum führte. Was uns mehr als merkwürdig vorkam. Denn sie hätten sie doch quer hindurch bauen können. Am Abend des zweiten Tages verschlimmerte sich der Zustand deines Großvaters zusehends, so dass wir noch in der Dämmerung aufbrechen mussten. Ich dachte nicht, dass er es bis ins Dorf zurück schaffen würde. Aber sein Wille war sehr stark. Dort half ihm der Medizinmann und wir beschlossen, zur nächst größeren Stadt aufzubrechen und nach einem Boot oder Flugzeug Ausschau zu halten, dass uns wieder in den Norden Afrikas oder nach Kamerun, der deutschen Kolonie bringen könnte. Schlussendlich schafften wir es und ein Flugzeug flog uns nach Kamerun und von da aus zurück nach Europa. In

Deutschland zurück kam dein Großvater ins Sanatorium, wo er sich nach einem halben Jahr wieder erholte. Ich kehrte hierher zurück und begann, all die Erfahrungen aufzuschreiben und die Bilder, die mir dein Großvater später zur Verfügung stellte, genauesten zu katalogisieren und aufzubewahren."

„So genau hat Großvater diese Geschichte nie erzählt. Immer nur ein paar kleine Anekdoten daraus. Aber nie so."

„Er wusste um die Tragweite des Vermächtnisses. Deshalb verschwieg er es, wie wir alle, die an dieser Reise teilnahmen. Bis auf einen, der damit versuchte, das große Geld zu machen. Noch bevor die Schriften veröffentlicht wurden, starb er eines mysteriösen Unfalls in den Alpen. Das, obwohl er ein guter Bergsteiger und –führer war."

„Worum geht es in dem Vermächtnis genau? Ich meine, wir leben heute in einer anderen Zeit. Wir sind aufgeklärt und verfügen über digitale Netzwerke, in denen wir alles nachfragen und lesen können."

„Wirklich alles, Elias?" Pater Pedro grinst. „Es geht um die Wahrheit, die eine mögliche Wahrheit, die man seit Jahrhunderten versucht zu vertuschen. Heute mehr, als damals. Um das Wissen, das nur wenigen bisher zuteil wurde und versucht, es so beizubehalten. Was sich dort offenbart, lässt dich die Welt, in der du lebst, mit anderen Augen sehen. Unverfälscht und wahr."

„Wenn ich sie richtig verstehe, Pater Pedro, leben wir mit einer Lüge? Ich meine, all das was geschehen ist und jetzt geschieht, soll eine Lüge sein?"

„So kannst du es nicht sehen. Du musst genauer hinsehen und die Ursprünge erkennen. Alles hatte einen Ursprung. Das Universum, die Erde, das Leben auf ihr. All das Wundervolle, was auf unserer Erde entstanden ist. Ich meine nicht damit, was durch die Hände der Menschen geformt und verändert wurde.

Ich meine die Natur, die auf der Erde entstand. Alles hat seinen Ursprung und den muss man erkennen und verstehen. Was daraus durch den Menschen über die Jahrtausende gemacht wurde, ist eine andere Geschichte. Doch darüber reden wir gern morgen weiter, denn die Abenddämmerung bricht herein und die Zeit des Gebets naht. Man soll den Herrn nicht warten lassen und auch nicht sich selbst." Er steht auf und lächelt, reicht Elias zur Verabschiedung die Hand. „Wir sehen uns morgen Vormittag im Klostergarten. Bruder Michael wird dich zu mich führen."

Elias bedankt sich für die Zeit, die Pater Pedro ihm gewidmet hat und verlässt dann die Bibliothek. Bruder Michael wartet bereits an der Tür auf ihn und nickt ihm lächelnd zu, als er durch die offene Seite heraus kommt. Pater Pedro nimmt indes wieder Platz und schaut zufrieden lächelnd hinaus in den Klostergarten.

Klosterkirche, Abendgebet

Auf dem Weg in die Kirche berichtete Elias den anderen Beiden von seinem Gespräch mit dem Pater und dass sie sich morgen Vormittag im Klostergarten wiedersehen. Nun sitzen sie wieder in der letzten Reihe, im betenden Sitz und flüstern mit einander. „Also erstmal nur die Geschichte über die Reise. Obwohl sie sehr interessant klingt.", flüstert Anne leise herüber.

Professor Lefoé sitzt in der Mitte und betrachtet wieder genau den Aufbau der Kirche. „Ihr könnt mir sagen, was ihr wollt! Irgendetwas ist hier anders und dass die Kirche außerhalb des Gebets geschlossen ist, verstärkt meine Annahme."

„Sie geben nicht auf, Professor!", antwortet Elias grinsend. Dann wendet er sich wieder Anne zu: „Ja, mein Großvater hatte sie so nie erzählt. Ich denke, dass Pater Pedro bereit ist, mir das Geheimnis zu offenbaren."

„Nun, das ist doch großartig!", bringt sich der Professor nun mit ein. „Damit kommen wir unserem Ziel ein großes Stück näher."

„Wohl wahr, Herr Professor.", bestätigt Anne. „Wir können uns hier auch nicht ewig aufhalten. Deswegen war das Treffen ein wichtiger Meilenstein und wir können nur hoffen, dass er dir alles erzählt, was wir für diese Reise wissen müssen."

„...und vielleicht sogar ein bisschen mehr.", fügt Lefoé an.

„Ich bin gespannt. In mancherlei Hinsicht spricht er für mich in Rätseln. Aber ich denke, dass sich auch das aufklären wird."

„Er ist ein alter und weiser Mann, mein Junge. Sicher auch viel bereist. Das macht ihn zu einem kostbaren Mitmenschen, gerade auch für das Kloster."

„Da gebe ich ihnen Recht, Professor! Aber warum wird er versteckt? Das muss einen Grund haben.", entgegnet Elias.

„Nun, auch den werden wir noch heraus bekommen!", ermutigt Anne. Dann stehen sie auf zum Gebet.

Pater Pedros Zimmer

Bruder Michael räumt das Essgeschirr vom Tisch ab, als der Abt durch die halboffene Tür tritt.

„Bruder Johannes!", entgegnet ihm Pedro und steht auf. „Was gibt es?"

„Ich wollte dich fragen, wie euer Treffen war und wie du dich bezüglich Elias Stiermann entschieden hast?"

„Nun, es war ein angenehmes Wiedersehen und ich erzählte ihm von der Reise damals. Er war sehr aufgeschlossen und interessiert. Ich bin mir sicher, der richtige Zeitpunkt ist gekommen, vor allem die richtige Person dafür."

„Für was?", möchte Bruder Johannes wissen.

„Er ist sehr aufgeschlossen, wissbegierig und bereit, den Weg zu gehen."

„Ich verstehe nur Bahnhof!" – „Bruder Johannes! Er ist der neue Wächter, der das Wissen des Geheimnisses hinaustragen wird."

Der Abt sinkt auf den einen Stuhl am Tisch: „Das ist jetzt nicht dein Ernst?"

Pater Pedro folgt ihm: „Doch, absolut."

„Aber das geht nicht!!!" Der Abt ist fassungslos. „Das ist völlig absurd! Ich möchte nicht deine Entscheidungsfähigkeit und Intelligenz anzweifeln. Aber du weißt, dass das nicht geht!"

„Warum nicht? Wir leben in einer neuen Zeit und wir sollten uns ihr langsam anpassen."

Bruder Johannes fährt mit seinen Händen über den Kopf. „Entweder verstehe ich gerade die Welt nicht mehr, oder ich bin der Einzige hier, der noch klar denkt!"

„Bruder Johannes, ich kenne die Rituale und Vorschriften. Ich weiß, welche Tragweite und Bedeutungen sie haben. Aber es ist an der Zeit, dass die Wahrheit nach außen getragen wird!"

„Bruder Pedro! Er kann kein Wächter werden, geschweige denn sein! Er ist keiner von uns! Kein Ordensbruder, weder Mitglied unseres Ordens, noch unseres Klosters! Das ist die Grundvoraussetzung dafür. Das Geheimnis wurde von uns über die Jahrtausende hin gehütet, beschützt und vor allen Mächten bewahrt. Jeder Wächter dieses Vermächtnisses lebte zurück gezogen, fast isoliert und arbeitete erst kurz vor seinem Ableben den Nachfolger ein. Der dafür eigens von ihm und den Abt ausgesucht, geprüft und eingewiesen wurde. Elias Stiermann ist Journalist, der nach einer guten Story greift, um sie auszuschlachten. Um damit das große Geld zu verdienen."

„Ich bin mir sicher, dass du ihm da sehr ungerecht wirst."

„Entschuldige bitte, aber ich kenne diese Leute und habe in meiner Zeit als Ordensbruder einiges erlebt. Hier sprechen meine Erfahrungen, keine Vorurteile oder Spekulationen!"

„Ich kenne die Geschichte des Vermächtnisses. Ich bin sein Wächter. Dennoch ändert sich die Zeit und wir können uns nicht anmaßen, ewig dieses Wissen zurück zu halten und einzuschließen. Es muss hinausgetragen werden! Die Menschen sind lange genug auf Irrwegen gegangen. In ihren Köpfen wurden zu viele Lügen und Manipulationen verankert, eingebrannt. Deshalb funktionieren sie zum größten Teil nur noch. Von Leben kann bei vielen von ihnen keine Rede mehr sein. Sie haben das gleiche Recht, wie die Anderen, das zu erfahren. Elias ist dafür der Richtige! Er wird diese Reise machen, das Wissen hinterfragen und die Wahrheit erkennen. Wenn du oder ich ihn darin nicht einweisen, so wird er einen anderen Weg finden. Warum ersparen wir ihm nicht den Weg durch den Irrgarten und führen ihn direkt zum Ziel, dem Ausgangspunkt der Reise zum versunkenen Tempel, mit dem Vermächtnis der Menschheit. Ihrer Geschichte vom Anfang bis zu den Prophezeiungen ihres Untergangs. Vierzehn goldene Tafeln sollen die Wände des Tempels zieren, die vierzehn Kapitel von LEGATUM. Er wird so viel von mir erfahren, wie er für diese Reise benötigt. Alles Andere wird auf der Reise selbst geschehen. Ich weiß es, denn ich habe sie selbst gemacht."

Bruder Johannes schüttelt den Kopf: „Ich weiß nicht! Ich halte das für Wahnsinn!"

„Du musst mir vertrauen! Ich weiß, was ich tue. ...und dass der Zeitpunkt gekommen ist. Mach dir keine Sorgen! In seinen Händen ist das Geheimnis gut aufgehoben und es dient dazu, den wahren Ursprung zu finden. ...und suchen wir nicht alle nach ihm?"

Der Abt steht auf: „Ich halte trotzdem nichts davon und bleibe dabei! ...und keine Sorgen machen?" Er lächelt und schüttelt dabei wieder den Kopf: „Die habe ich schon mehr als genug!" Dann geht er zur Tür und verlässt das Zimmer.

Am nächsten Tag
Im Klostergarten

Elias betritt den seitlich neben dem Kloster angelegten Garten, in dessen Mitte ein Brunnen steht. Vorn links befindet sich der Kräutergarten, dahinter verschiedene Gemüsesorten bis zur Klostermauer heran. Auf der rechten Seite stehen in Viererreihen angepflanzte Obstbäume. Pater Pedro sitzt auf der Mauer des Brunnenbeckens und beobachtet das rege Treiben der Insekten in den Blumenrabatten, die den Hauptweg von den verschiedenen Arealen trennen. Bruder Michael verweist Elias mit einer stillen Handgeste zum Pater und kehrt dann ins Kloster zurück.

Bruder Pedro erhebt sich, als er Elias entdeckt und kommt ihn ein paar Schritte entgegen: „Guten Morgen, mein Sohn! Ich freue mich, dich zu sehen!"

„Danke, Pater Pedro! Die Freude ist ganz auf meiner Seite! Sie schauten gerade den Insekten in der Blumenrabatte zu."

„Ja, das emsige Treiben und vielfältige Leben, das sich damit offenbart. Das Leben ist wundervoll und einzigartig, ein besonderes Geschenk, dessen wir uns viel zu selten bewusst sind. Nimm doch Platz, mein Sohn!" Sie setzen sich zurück auf die kleine Mauer des Brunnens.

„Ich habe gestern Abend noch viel nachgedacht und auch in Großvaters Buch geblättert."

„Du hast es dabei? Großartig, es wird dir auf der Reise sehr nützlich sein. Ich hoffe, du kannst es lesen? Denn dein Großvater schrieb ja noch altdeutsch. Ich hatte ab und an da meine Schwierigkeiten." Er grinst verschmitzt. „Er hat es mir dann immer vorgelesen."

„Professor Lefoé, der mit auf der Reise ist, kann die alten Schriften sehr gut lesen und kommt auch mit Großvaters Schreibschrift zurecht. Das hilft uns sehr viel. Auf dem Weg hierher haben wir eine unglaubliche Entdeckung gemacht. Großvater malte den kabbalistischen Lebensbaum auf und daneben den Grundriss der Stadt."

„Und, was habt ihr festgestellt?" – „Vom Aufbau her sind sie absolut identisch. Das hat uns sehr erstaunt!"

„Das ist richtig. Sie sind identisch und der jüdische Glaube ist der wohl älteste auf unserer Erde. Nun stellt sich natürlich die Frage, ob eine Bevölkerungsgruppe im Herzen des afrikanischen Dschungels diese Stadt nach dem Vorbild ihres Glaubens erbaute, nach dem kabbalistischen Lebensbaum? Viel schwerer wiegt dabei die Frage, warum gerade mitten im Dschungel und nicht in einer Ebene voller Wiesen und Wälder? Die Antwort darauf kann nur im versunkenen Tempel gefunden werden. Dieser löst viele Rätsel und Fragen der Menschen von damals und vor allem in unserer heutigen Zeit. ...und was viel wichtiger ist, dieser Tempel muss sich in diesem Waldstück befinden, um das die Mauer herumführt. Eines hatte ich vergessen zu berichten: Als wir über den Dschungel nach Kamerun flogen, sahen wir noch einmal die versunkene Stadt im Dschungel und erkannten ein bläuliches Leuchten in der Mitte des Waldstückes. Dein Großvater ergänzte es in seinen Aufzeichnungen und vermutete, dass dies ein achteckig angelegter See sein musste."

„Aber wer legt dort einen See an? Welchen Grund sollte er dafür haben?"

„Diese Fragen stellten wir uns auch, fanden aber keine Antworten dafür. Vielleicht gelingt es dir ja, die fehlenden Puzzleteile hinzuzufügen!"

„Ich hoffe es!" Elias schaut in ein zufrieden lächelndes Gesicht.

„Nun, Elias...", fährt Pater Pedro fort. „...möchte ich dich in die wichtigsten Punkte des Wissens einführen, die du, ihr auf eurer Reise braucht. Ich kann dir nicht alles preisgeben, denn dann wäre die Reise für euch sinnlos. Viele wichtige Erkenntnisse gewinnt ihr auf dieser Reise. Sie führt euch nicht nur zu der versunkenen Stadt, der Grotte mit dem steinernen Altar und der Hochkultur der Ägypter. Sondern vielmehr zu euch selbst. Es geht nicht nur um das Vermächtnis der Menschheit, sondern vielmehr um dein Eigenes, das tief in deinem Inneren verborgen liegt. Doch vorher musst du die Ursprünge sehen und verstehen lernen, dich für die Wahrheit öffnen und bereit sein, sie anzunehmen."

Elias schaut noch immer in Pater Pedros Gesicht und nickt ihm bestätigend zu. „Ja, ich denke, dass ich dafür bereit bin."

„Du sollst es nicht denken! Vielmehr fühlen, dein Herz öffnen und all deine Entscheidungen mit ihm treffen! Das ist die Grundvoraussetzung für diese Reise. Der Verstand ist mit der Wahrheit oftmals überfordert, weil er all die Manipulationen und Lügen der Vergangenheit speichert. Sie zu widerlegen oder gar aus dem Weg zu räumen, ist eine gewaltige Aufgabe. Doch das Herz führt dich stets auf den richtigen Weg. Zwar mag der Weg des Herzens und vor allem dorthin oftmals beschwerlicher sein, aber er führt dich immer zum Ziel, zu dir selbst und zu deiner eigenen Wahrheit." Pater Pedro steht auf und geht zur Blumenrabatte. Elias Blicke folgen ihm.

„Wenn du die Welt um dich herum, das Leben in seinen wahren

Farben sehen möchtest, all seine Schönheit, Vollkommenheit und Vielfalt, dann solltest du den Weg zu deinem Herzen gehen. Deine Augen öffnen und die Nebelschleier von ihnen entfernen. Die Gesetze respektieren und einhalten und ein Teil vom großen Ganzen werden. ...und das Leben beherbergt viele Gesetze in sich, ohne die es nicht funktionieren würde. Sie wirken jeden Tag, in jedem Augenblick deines Lebens. Auch wenn du dir ihrer Kraft und Wirkung nicht bewusst bist. So kannst du ihnen nicht entfliehen. Keiner von uns kann das!"

„Sie sprechen gerade in Rätseln für mich, Pater Pedro."

Er lächelt. „Noch sind es Rätsel, doch ich werde sie dir Stück für Stück offenbaren und die großen Fragezeichen in deinem Kopf auflösen." Er geht hinter die Rabatte und schaut Elias an: „Was kannst du hier sehen, mein Sohn?"

„Ich sehe die Blumen, Gräser, die Insekten, die in einem regen Treiben von Blüte zu Blüte fliegen und auf den Blättern krabbeln."

„Das ist richtig. Der äußere Anschein, was man mit den Schleiern vor den Augen sehen kann. Aber versuche einmal tiefer hinein zu gehen!"

Elias fragender Blick entgeht dem Pater nicht: „Versuche es, Elias!"

Nachdem er mit den Schultern zuckt und schweigt, kommt Bruder Pedro zu ihm zurück und setzt sich daneben auf die kleine Mauer. Dann schaut er ihn an: „Du hast beschrieben, was du siehst. Ihm zu Grunde liegt aber das wichtigste Gesetz in unserem Dasein auf der Erde. Es steht noch über dem Gesetz der Schwerkraft und allen anderen. Ich würde es als den Grundstock für alle anderen Gesetze beschreiben: das Gesetz des Lebens. Dem Zusammenwirken allen Seins auf der Erde. Ohne dieses Gesetz würden wir nicht sein, ebenso nicht die Tiere und

Pflanzen. Der Zyklus des Lebens entspringt aus ihm."

Elias' fragende Blicke weichen.

„Nehmen wir die Pflanzen!", fährt Pater Pedro fort und weist Elias Blick zurück auf die Blumenrabatte. „In jedem Frühjahr erwachen die Samen in der Erde und beginnen zu keimen, eine Jungpflanze daraus zu sprießen. Sie entfaltet sich, blüht, wird durch die Insekten bestäubt und bevor sie stirbt, fallen ihre Samen auf die Erde, um durch den Regen in ihr gebettet zu werden. Damit ist die Voraussetzung für ein neues Erwachen im kommenden Frühjahr geschaffen. Geburt und Tod, ein immer wiederkehrender Zyklus. Für jedes Lebewesen auf dieser Erde trifft dieser Zyklus, dieses Gesetz zu. Auch für uns Menschen. Wenn irgendwo auf der Erde jemand stirbt, so wird anderswo neues Leben geboren. Wir alle sind vergänglich. Doch kehren wir zu der Pflanze zurück! Sie ist ein winziges Puzzleteil, genauso wichtig wie alle anderen, welches sich in das eine große Ganze eingliedert. Sie schenkt den Insekten den Nektar, von dem sie sich ernähren. Sie bietet anderen Insekten Platz und ebenso Nahrung. Alles ist ineinander verwoben, wie ein riesiges Netz. Alles bedingt auch einander, bildet einen gemeinsamen großen Fluss. Natürlich findet in der Natur auch eine Selektion statt. Die schwächsten Glieder werden herausgefiltert und sterben aus. Aber alles ist so eingerichtet, dass genügend von allem da ist. Ein Löwe in der Savanne Afrikas jagt eine Antilope, wenn er hungrig ist. Er frisst den größten Teil von ihr und legt sich danach in den Schatten und ruht sich aus. Den Rest der Antilope vertilgen Hyänen, oder Geier und andere Aasfresser. Ein jedes Lebewesen hat seinen Platz und würde nicht im Geringsten darauf kommen, diesen zu verlassen. Der Löwe wiederum jagt nur, was er zu seinem Überleben benötigt, oder für seine Löwenfamilie. Er würde niemals mehr Wild erlegen, als er zur

Sättigung seines Hungers braucht. Vorräte gibt es für ihn nicht. Das Leben in der Savanne ist Vorrat genug für ihn. Er genießt viel lieber das Leben, seinen Platz und sein Dasein im großen Ganzen der Natur. Auch hier wurde von der Natur das schwächste Glied dafür geopfert. Die natürliche Selektion im großen Kreislauf des Lebens. Genauso verhält es sich mit allen Lebewesen, auch bei den Pflanzen. Es gibt nur ein Lebewesen, das bis heute der felsenfesten Überzeugung ist, dass dieses Gesetz für ihn nicht zutrifft: der Mensch. Er hat sich über die Jahrhunderte über die anderen Lebewesen erhoben und die Natur immer wieder zu Eigen gemacht. In den letzten Jahrzehnten hat er sie gnadenlos ausgebeutet, Tierrassen ausgerottet und andere bis an diese Grenze gebracht. Seine Entwicklung ist geprägt von Machtgier, Habgier und Rücksichtslosigkeit. Viel zu spät hat er erst die Folgen seines Desasters erkannt. Viel zu oft ist er machtlos auf die Antworten der Erde und ihrer Natur. Er kann noch so große Bollwerke errichten, Dämme bauen und Berge versetzen. Die Zeit der Rechenschaft ist nahe und sie wird für ihn wahrhaftig nicht gütig ausfallen.

Doch er hat es nicht ganz geschafft, dem Gesetz des Lebens zu entfliehen. Auch er wird geboren und muss eines Tages wieder von dieser Erde gehen. Er pflanzt sich fort, damit neues Leben geboren wird. Wenn die Natur ihn für die Selektion aussucht, dann kann auch er sich nicht wehren. Was viele Naturkatastrophen bewiesen haben.

Es gibt aber Menschen, die noch heute im Einklang mit der Natur leben. Sich in dem einen großen Ganzen bewegen und nur jagen, was sie zum Überleben brauchen. Sie haben das Gesetz des Lebens verstanden und gehen respektvoll mit ihm um. Die Zivilisation hat den Menschen erhaben werden lassen, gierig und rücksichtslos, mit Neid und Hass erfüllt und den Weg zu seinem Herzen mit einer riesigen Mauer verbaut. Doch auch dieses Machtwerk wird eines Tages untergehen und sterben, so, wie es vor langer Zeit geboren wurde. Niemand kann davor entfliehen! Das Gesetz des Lebens ist der Grundstein alles Daseins, der Ursprung für alles Andere, was folgt. Wenn du dir dessen bewusst bist und in deinem Herzen heimisch werden lässt, wirst du die Welt um dich herum mit anderen Augen sehen. Denn du siehst nicht nur das bunte Treiben der Insekten zwischen den Pflanzen, sondern den Grundstein für die Vielfältigkeit und Vollkommenheit des Lebens auf unserer Erde. Was der Mensch an sich niemals erreichen wird. Er lernt ab dem Tage der Geburt bis zum letzten Augenblick, bevor er in die andere Welt hinübergeht."

„Das hat uns niemand gelehrt. Jedenfalls nicht so intensiv, wie sie. Wenn ich das Treiben auf der Rabatte unter diesen Punkten betrachte, dann eröffnet sich mir ein ganz anderes Bild. Viel klarer, heller und farbenfroher."

„Siehst du, mein Sohn, damit entfernst du die Schleier vor deinen Augen und lernst das Leben und alles, was dazu gehört, richtig zu sehen. Dir eröffnet sich Stück für Stück die Wahrheit, die uns stetig umgibt und zu der wir im Grunde genommen auch gehören. Du gehst die Schritte zurück in das eine große Ganze. ...und genau das wird diese Reise zur versunkenen Stadt mit dir machen. Wenn du eines Tages zurückkehrst, wirst du die Welt, in der wir alle leben, mit anderen Augen sehen. Du wirst in jedem Augenblick die Wahrheit erkennen. Alleine dafür lohnen sich schon die Strapazen und die lange Zeit der Reise. Wenn du dazu von deinem Inneren heraus bereit bist, dann wirst du den Inhalt des Vermächtnisses verstehen und seine Botschaften anwenden können."

„Ich werde es beherzigen und von heute an versuchen, die Dinge aus einem neuen Blickwinkel zu betrachten. Vor allem aber die Natur, die uns umgibt."

Pater Pedro steht auf und reicht ihm die Hand: „Das ist ein wunderbarer Ansatz und damit beschließen wir unser heutiges Gespräch am Vormittag. Gegen Nachmittag wird dich Bruder Michael in den Klostergarten zurück bringen, wo ich auf dich warten werde."

„Sehr gern und vielen Dank, Pater Pedro! Vielen Dank!" Er reicht auch ihm die Hand und sie verabschieden sich. Dann geht er zum Klostereingang zurück und Bruder Michael öffnet ihm die Tür, damit er eintreten kann.

Pater Pedro schaut hinauf zum großen Erker der Bibliothek und in die Augen des Abts, der das Geschehen durch die Fenster beobachtete.

Klosterkirche, nach dem Gebet

Professor Lefoé steht mit verschränkten Armen da und mustert das Kircheninnere, während der Abt dieses Mal in dem Gang zwischen den Reihen auf sie zukommt. Elias stellt sich direkt vor ihm hin: „Bruder Johannes, seien sie mir bitte nicht böse, aber warum haben sie Pater Pedros Anwesenheit verleugnet? Ich bin da etwas irritiert."

Der Abt schaut ihn mit ernster Miene an: „Nicht alles ist, wie es scheint und gesagt wird. Die Hintergründe dafür sind für jene nicht nachzuvollziehen, die sich mit dem Ganzen nicht auskennen. ...und nun bitte ich sie, mich vorbei zu lassen! Das Mittagessen wartet."

Elias macht einen Schritt beiseite und schaut den Abt fragend hinterher.

„Er ist und bleibt für mich merkwürdig.", bemerkt Anne zu Elias, der nur bestätigend nickt.

„Da stimmt was nicht, qui, irgendetwas ist hier anders!" Der Professor reibt sich die Nasenspitze. „Ich komme noch dahinter. Mich führt ihr nicht hinters Licht!"

Anne und Elias grinsen sich an. Dann schauen auch sie das Kircheninnere an.

„Ich kann nichts erkennen.", stellt Anne fest.

„Ich leider auch nicht.", setzt Elias hintenan.

„Hmm… Licht, irgendetwas mit dem Licht ist heute anders, als die anderen Tage. Das Licht ist es. Qui, damit stimmt hier etwas nicht!"

„Kommen sie Professor, das Essen wartet!", fordert Anne ihn auf, den Beiden zu folgen.

„Das Licht!" Er zeigt mit dem rechten Zeigefinger in die Kirche. Dann macht er eine abrupte Drehung und folgt den Beiden aus der Kirche.

Dieses Mal hatte er Recht, denn unter dem mittleren Altar im Zentrum der Kirche leuchtet eine Art Laterne, die sonst nie brannte.

An der Mauer des Klostergartens

Bruder Michael bringt Elias zum Brunnen, in der Mitte des Klostergartens. Dann verweist er ihn mit einer stillen Handgeste den Weg zwischen den Obstbäumen entlang zur Mauer, die den Garten und das Kloster schützt. Er lächelt ihn an und Elias geht auf die Mauer zu, an der Weinreben ranken. Zur linken Seite erkennt er eine Steinbank, auf der Pater Pedro sitzt. Als er ihn sieht, steht er auf und kommt auf Elias zu: „Schön, mein Sohn, dich wieder zusehen!"

„Die Freude liegt ganz auf meiner Seite!" Dann nehmen sie

beide auf der Bank Platz.

„Jeder Fleckchen Erde wird hier genutzt.", bemerkt Elias, als er die Mauer und den Wein betrachtet.

„Unsere Vorfahren hier in dem Kloster haben den Wein angebaut und kultiviert. Sie waren großartige Gärtner und kannten sich mit Pflanzen hervorragend aus. Dieser Garten versorgte sie über viele Jahrhunderte. Es gibt noch einen weiteren, auf der anderen Seite des Klosters. Aber dieser ist gänzlich von einer Mauer umgeben. Nur eine kleine eiserne Tür führt hinaus zu den umliegenden Feldern und Wiesen, die ebenfalls zum Kloster gehören."

„Das dachte ich mir schon beim Hochfahren der Straße. Aber fühlt man sich denn nicht eingeengt von den Mauern und Gemäuern? Ich meine, sie haben keinen Kontakt zur Außenwelt, oder nur selten, und sind sonst immer in diesen Mauern unterwegs."

Pater Pedro lächelt ihn an: „Mauern spielen bei den Menschen schon seit Jahrtausenden eine Rolle. Sei es in Form von Bauwerken, genauso wie im Denken und Fühlen. Menschen haben immer Mauern gebaut. Das aus vielerlei Gründen:

Zum Einen bauten und bauen die Menschen Mauern zum Schutz ihres Hab und Guts. Einige kesseln sich sogar richtig ein, errichten ihr eigenes Babylon. Es gibt auch ganze Areale, die von hohen Zäunen und Mauern umgeben sind, wobei die Villenviertel der Reichen vor den Blicken der Armen geschützt werden sollen. ...und nicht nur vor deren Blicke!

Aber Mauern schützen nicht nur, sondern bedeuten auch Ab- und Ausgrenzung, Abschottung.

Wie eine Medaille, die ihre zwei Seiten hat. So auch die Menschen auf der einen und die auf der anderen Seite. In Eurer Gesellschaft gibt es viele Mauern. Das beginnt in den Köpfen der Menschen und vor allem in den Strukturen eures Zusammenlebens. Regierungen, die fern von ihrem Volk leben und agieren, so dass die Armut größer wird und der Reichtum der Anderen stetig genährt. In einer solchen Welt kann man weder von Vernunft, noch von Fairness und Loyalität reden. Ein Prozent der Weltbevölkerung besitzt neunundneunzig Prozent des gesamten Vermögens. Sie haben sich zu einer elitären Gesellschaft empor gehoben und entscheiden einschlägig mit, wohin die restlichen Prozent der Weltbevölkerung zu gehen haben. Die Regierungen sind allzu oft nur Werkzeuge der Mächtigen dieser Welt, die im Hintergrund die Fäden ziehen und bestimmen. Banken, Wirtschaft und vor allem die Rüstungsindustrie geben die Richtungskurse an. Das Geld regiert Euer Leben, ein kleines Stück Pergamentpapier. Wie sehr habt ihr euch davon abhängig gemacht und dadurch die wahren Werte in Eurer Gesellschaft verloren. Krankheiten, wie Hass, Neid und Gier haben sich ausgebreitet und Aggressionen und Wutausbrüche werden gelebt und nicht davor gescheut, anderen damit Leid zuzufügen. Doch es geht noch viel weiter! Die elitäre Schicht besitzt mittlerweile große Ländereien und eigene Inseln, auf denen sie sich zurückziehen können, wenn die Stimmung im Volk umkippt und gegen sie gerichtet ist. Wenn Anarchie ausbricht, sind sie geschützt und abgesichert. Denn sie besitzen auch eigene, so genannte Armeen, die sie vor äußeren Einfluss, egal welcher Art, schützen. In Clubs der Milliardäre und Millionäre beraten sie darüber, wie es weitergehen soll, bevor sie unter sich feiern. Sie handeln allzu oft nach ihrem Gewissen.

Die Regierungen sind von den Mächtigen dieser Welt abhängig, denn sie entscheiden, wer ihre Mittelsperson zum Volke sein wird. Nur wer die Symbiose in gesunden Verhältnissen aufrecht erhält, wird die Führungsposten übernehmen. Mittlerweile haben sie eine eigene Sprache entwickelt, durch die wichtige Dinge ausgedrückt werden, die der ‚kleine Mann' nicht verstehen soll und nicht versteht. Das ist ja auch der Sinn und Zweck dieser Sprache. Das Netz der Lügen wird weiter gewebt und ausgebreitet. Immer wieder wiederholt, so dass es eines Tages als die eine mögliche Wahrheit in den Köpfen der Menschen haften bleibt. Ihr habt die Wahrheit so oft verfälscht, dass ihr in einem Netz aus Lügen lebt."

Pater Pedro erhebt sich und Elias folgt ihm. „Wenn du einem Menschen immer wieder die gleiche Lüge erzählst, so ist es eines Tages für ihn die einzig mögliche Wahrheit. Denn die einzige und richtige Wahrheit wurde durch die stetige Lüge in seinem Kopf ausgelöscht. Er trägt diese Scheinwahrheit weiter und verkauft sie seinen Mitmenschen so überzeugend, dass sie ihm sofort Glauben schenken. Somit wird das Netz der Lügen größer und größer, überspannt die Gesellschaft wie einen Kokon. Der ‚kleine Mann' ist das Futter darin, durch das sie überlebt. Er wird mit Steuern und stetig wachsender Inflation seines hart erarbeiteten Geldes entledigt. Muss für Bankenkrisen zahlen, obwohl er nicht im Geringsten die große Krise ausgelöst hat. Aber wenn er dann einmal Hilfe von der Bank benötigt, dann erteilen sie Auflagen und er muss sich buchstäblich bis auf die Unterhose ausziehen. Wer hatte das damals von den bankrotten Banken verlangt? Gab es irgendwelche einschneidenden Konsequenzen?"

Elias zuckt mit den Schultern: „Mir ist bis heute nichts bekannt. Was sie einführen wollten, ist nicht wirklich geschehen. Die Banken spekulieren heute genauso wieder, wie vor dem großen Kräsch."

„Siehst du, mein Sohn, das meine ich damit. Sie beschäftigen euch, um den Blick auf die reale Wahrheit zu verschleiern. Die

Medien sind ihre großen Instrumente, um diese Schleier aufrecht zu erhalten oder zu verdichten. Solange du im Strom mit schwimmst, ist alles in Ordnung. Doch publizierst du die einzig reelle Wahrheit, wirst du zu einer Gefahr. Dieses ganze Muster zieht sich hinab, bis in die untersten Strukturen, selbst in den Kreisen des ‚kleinen Mannes'. Das ist das Netz, welches über euch liegt."

Er weist mit der rechten Hand, in Richtung des Ausgucks zu gehen. Elias nickt und sie spazieren langsam los.

„Wenn du diese Reise antrittst, mein Sohn, dann wirst du vieles erkennen und das Bild der Wahrheit wird erst verschwimmen und plötzlich wieder klar vor deinen Augen erscheinen. Aber dieses Mal ist es eine andere, die reelle Wahrheit. Allein dafür lohnt sich die Reise."

„Das ist wohl wahr. Doch was beinhaltet die reelle Wahrheit, wie ihr sie bezeichnet?"

Pater Pedro bleibt stehen und schaut ihm tief in die Augen: „Die Antworten auf all die Fragen, die ihr euch jeden Tag hier und da stellt. Nur fast nie eine Antwort darauf bekommt."

„Hmm... Da gibt es eine ganze Menge an Fragen." – „Das stimmt, mein Sohn. Doch wenn du diese Wahrheit vor deinen Augen hast, dann beantworten sich viele Fragen ganz von selbst. Weil du in diesem Augenblick erkennst, was alles wirklich geschieht und vor allem wie. ...und diese Reise bereitet dich darauf vor."

Elias nickt wieder leicht mit dem Kopf: „Steht diese Wahrheit denn in einem Zusammenhang mit dem Vermächtnis der Menschheit?"

„Sie ist ein ausschlaggebender Grundstein dafür. Wie ein Tor, das dein Herz dafür öffnet und dich endlich richtig sehen, verstehen und reden lässt. Ich werde dir in den kommenden Tagen mehr Informationen geben, die dieses Bild in deinem Kopf vervollständigen werden. Es ist wichtig, damit du die Botschaften auf dieser Reise verstehst und richtig deuten kannst."

Sie kommen am Ausguck an, der auf einem Felsvorsprung liegt und die Mauer um den Garten unterbricht.

„Diese Reise, Elias, wird deine inneren Mauern aufreißen und den Blick auf das freigeben, was für dich wirklich wichtig ist. Es bricht die Mauern zu deinem Herzen auf und macht den Weg dahin frei. So wie dieser Ausguck, der die dicken Klostermauern unterbricht. Genau so sollten die Mauern in den Denkweisen der Menschen aufgebrochen werden. Damit sie ihre Vorurteile ablegen. Die Krankheiten eurer Gesellschaft erkennen und sich von ihnen abwenden. Ihr lebt in einer großen Gemeinschaft und solltet euch auch so verhalten! Nur gemeinsam werdet ihr in Zukunft euer Dasein meistern können. Hass und Gewalt, Kriege sind keine Lösungen, um sich über andere zu erheben, oder ihnen Dinge heimzuzahlen, die lange vorher ihren Ursprung fanden. Gemeinsam könnt ihr nur in Liebe miteinander leben, durch Respekt zu jedem Menschen und Verantwortungsbewusstsein für sich, seine Familie und Freunde und seinem gesamten sozialen Umfeld. Diese Reise führt dich zur versunkenen Stadt, zum Vermächtnis der Menschheit. Doch das größte Vermächtnis liegt in jedem Menschen selbst, in seinem Herzen. Die Liebe und das Miteinander, Hände zu reichen und Trost zu spenden, wo welcher benötigt wird. Sich nicht vor seinen Gefühlen zu scheuen, sie als falsch oder unmöglich zu betrachten. Wenn es um die Liebe zu einem anderen Menschen geht, sprechen Gefühle immer die Wahrheit. Denn sie sind die Sprache des Herzens. Sie können nur wahr sein und ein jeder Mensch sollte ihnen folgen. Wobei ich betonen möchte, dass es um die eine reelle Wahrheit geht. Keine Neigungen oder ethisch unmoralische Aktivitäten. Ich spreche von der Liebe, die von Herzen kommt und Seelen berührt und verbindet.

Wenn du dein Herz öffnest und all das Wundervolle, was das Leben bereit hält und bietet, darin Einzug halten lässt, wirst du aus dem Strom herausklettern und am Ufer das unwirkliche Treiben betrachten und erkennen. Dann kannst du dich entscheiden, ob du weiter so machst, wie bisher und in den Strom zurück gehst. Oder, du dein Leben endlich in die Hand nimmst und wirklich beginnst, dein Leben zu leben."

Elias schaut ihn an und atmet tief durch.

„Es geht nicht nur um das Vermächtnis der Menschheit, sondern vielmehr um dein Eigenes, welches tief in deinem Inneren verborgen liegt. Das ist dein größter Schatz und er ist in deinem Herzen zu Hause, nicht in deinem Kopf."

Elias grinst und nickt. „Doch haben wir das alles nie gelernt, Pater Pedro."

„Sie hatten wohl ihre Gründe dafür. Doch nun, mein Sohn, hast du die große Chance, das für dich zu erkennen, umzusetzen und dein Leben, mit all seinen Facetten und Möglichkeiten, auf dieser Reise zu beginnen."

Die Glocke läutet.

„Doch nun ist es Zeit für die Abendandacht und wie bereits schon einmal gesagt: Wir sollten den Herrn nicht warten lassen!"

Elias lächelt: „Da gebe ich ihnen Recht, Pater Pedro! Also folgen wir seinem Ruf!"

Die Beiden gehen den mittleren Weg entlang, um den Brunnen herum und hinein in das Klostergebäude.

Im Klosterinnenhof, zur gleichen Zeit

Professor Lefoé verlässt den Kreuzgang und geht in den kleinen Park des Innenhofs, der mit Blumen und Buchsbaumhecken bepflanzt ist. In der Mitte des fast quadratischen Parks steht ein kleiner Brunnen, um den vier Bänke herum stehen. Vier, diagonal angelegte Wege führen zu ihm hin. Der Professor nimmt auf einer Bank Platz und schaut dem plätschernden Wasser des Brunnens zu. Er atmet tief durch und spricht leise vor sich hin: „Oh mon dieu, mein lieber Francois, wenn du mich hier sehen könntest! Ich in einem Kloster. Das würde dir sicher gefallen. Du wolltest ja immer mit mir in ein Kloster fahren. Damit ich mich einmal von der vielen Arbeit richtig erholen kann. Ich habe immer schmunzelnd abgewinkt und gemeint, dass dafür der Urlaub ausreichend sei. Jetzt habe ich hier viel Zeit für mich und meine kleine Welt, von der du leider kein Teil mehr bist. Oh pardon, jedenfalls nicht im hier und jetzt. Aber in meinem Herzen bist du immer bei mir. Ob wohl ich dich jetzt gern bei mir hätte. Mit dir hier zu sitzen und zu plaudern, ganz so wie in vergangenen Zeiten, das wäre einfach wundervoll. Ich vermisse dich mein Lieber!" Er schaut dem sprudelnden Wasser im Brunnen zu. Nach einer Weile fährt ihm ein Lächeln über die Lippen. „Wie du bestimmt schon bemerkt hast, habe ich nun zwei Kinder und bin mit ihnen auf einer spannenden und für mich bestimmt abenteuerlichsten Reise meines Lebens. Ein jeder Tag mit ihnen ist ein großartiges Geschenk für mich. ...und mein Entdeckerinstinkt ist in mir voll und ganz aufgeblüht. So wie früher, wenn wir zwei auf Reisen waren und die Kulturen der vielen Länder, in denen wir waren, entdeckt haben. Was hatten wir nur für eine wunderschöne Zeit. Ein wundervolles Geschenk, kostbar und großartig zugleich. Dass wir uns beide genießen und erleben durften, das Privileg besaßen, unser Leben in vollen Zügen zu genießen. Ich hatte es niemals erwähnt, aber ich war jeden Tag dankbar dafür. Dankbar für jeden Augenblick mit dir, der mir geschenkt wurde. Ich hätte es dir vielleicht öfter sagen sollen, als ich es tat. Auch wie sehr ich dich liebte und auch heute noch liebe. Mit dir ist ein großer Teil von mir gegangen. Eine Lücke ist entstanden, die niemand füllen kann. Vielleicht hattest du ja Recht, wenn du zum Schluss immer wieder sagtest, dass wir uns dort oben wiedersehen werden. Ich weiß es nicht, kann es mir auch nicht vorstellen. Dennoch haben mir gerade diese Worte jedes Mal geholfen, wenn ich an dich und den Verlust von dir denken musste." Er schaut wieder dem Wasser des Brunnens zu. Anne steht an der Seite im Kreuzgang und beobachtet ihn. Sie lehnt sich an eine der Säulen und sieht ihn wehmütig an, als wenn sie seine Worte verstehen kann.

„Oh mon dieu, du hättest danach wieder mit mir geschimpft. Weil ich mich in die Arbeit stürzte und versucht hatte, all das Geschehene zu vergessen. Wie sagtest du immer? Du musst dich deinen Gefühlen stellen und sie leben. Seien sie erfüllt von Trauer oder voller Freude und Glück. Ein jedes bedarf unserer Aufmerksamkeit. Qui, du hattest Recht, mein Lieber! Auch wenn ich es damals nicht wahrhaben wollte. Heute weiß ich es. Wir waren ein tolles Team! Du so voller Herzlichkeit und Wärme, Emotionen und Temperament. Ich genau das Gegenteil, der reine Kopfmensch. Für mich musste immer alles logisch erscheinen, erklärbar sein. Wie habe ich unsere Gespräche geliebt. Wir näherten uns von zwei völlig verschiedenen Richtungen und fanden doch jedes Mal einen gemeinsamen Nenner. Ich habe so viel von dir gelernt. Du hast mir den Weg zu mir selbst eröffnet, zu meinem Herzen. Auch wenn ich mich anfangs weigerte, es nicht zulassen wollte. Heute kann ich sagen, dass du alleine es warst, der mir dies ermöglichte. Durch deine offene und herzliche Art, deine Menschlichkeit und Liebe zu mir. Was auch geschah, sie waren wie ein unerschöpflicher Quell. Dein Blick und dein Lächeln, deine wärmende Stimme und der niemals versiegende Humor. Selbst in den letzten qualvollen Augenblicken deines Lebens. Ich habe das immer an dir bewundert und geliebt. Selbst wenn du aufgebracht und verärgert warst, oder dich zurückgezogen hattest. Deine Güte und Liebe waren stets stärker als aller Ärger und Frust. Du konntest vergeben und in Liebe handeln, wo ich alle Banden bereits unterbrochen hatte. Bei jedem Menschen glaubtest du an das Gute in ihm. Auch wenn er dich verletzte, hast du ihm im Nachhinein verziehen. Ich hatte es bei vielen nicht verstanden. Dennoch wünschte ich mir oftmals diese Großherzigkeit und Güte, wie sie in dir und mit dir lebte. Du fehlst mir sehr. In jeder Minute und Sekunde meines Lebens. Oh non, pardon, in jedem Augenblick. Am Tage und in der Nacht. Nur zu wissen, dass du da bist, hat mir ein wohliges und sicheres Gefühl geschenkt. Eine liebevolle Geborgenheit, die ich heute so oft vermisse." Er nimmt seine Nickelbrille ab und wischt sich die Tränen aus den Augen.

Anne geht zu ihm und setzt sich neben ihn auf die Bank, nimmt ihn seitlich in den Arm, lehnt ihren Kopf an den seinen. Die Glocke läutet zum Abendgebet.

Yukatan, auf der Terrasse der Villa

José Torres sitzt am Tisch und einer seiner Schergen steht rechts hinter ihm. Ein zusätzlicher Sonnenschirm schützt Torres vor der prallen Sonne. Er trinkt einen Schluck Weißwein, als zwei weitere Männer in schwarz den Gesandten aus dem Vatikan zum Vizemeister begleiten.

José mustert ihn: „Was führt dich zu mir? Solltest du nicht auf deinem Posten sein?"

„Verzeihen sie, Signor! Aber ich überbringe ihnen wichtige Nachrichten und die musste ich selbst überbringen!"

Torres schaut skeptisch drein: „So wichtig, als dass du deinen besonderen Posten dort verlässt? Da bin ich ja neugierig!"

Er berichtet von den Plänen des Kardinals und das sie die fünf Bücher hier auf der Farm entwenden wollen. Bei einem günstigen Zeitpunkt sollen sie aus den Kellerräumen des Hauses entwendet werden. Torres fühlt sich ertappt. Weiß doch niemand weiter von dem Raum mit den Relikten im Keller des Hauses. Außer der Übersetzer.

Der Bote berichtet weiter über das eine wahre Buch LEGATUM, welches vierzehn Kapitel beinhalten soll. Wobei die Bücher nur die ersten zehn wiedergeben. Der Kardinal will an alle vorhandenen Exemplare ran und sie im Saferaum der Vatikanbibliothek verschließen. Er meinte auch, dass dies zum Schutze aller Menschen geschieht. Denn sie würden diese eine Wahrheit nicht verkraften.

José Torres stützt seinen rechten Arm auf dem Tisch auf und legt seinen Kopf darauf. Seine nachdenkliche Mine beunruhigt den Übermittler und die Schergen zu seiner Linken und Rechten schauen den Vizemeister erwartungsvoll an.

„Was wollen sie tun, Senior?", unterbricht der Bote die Stille.

Doch Torres reagiert erst, als sein Essen, Hummer mit Kroketten, an seinen Tisch gebracht wird.

„Gut, gut. Bringt ihn zum Gartenhaus und richtet es her.", wendet er sich den zwei Schergen neben dem Boten zu und macht dabei eine horizontale Handbewegung. Die Beiden nicken kurz und schubsen den Übermittler in Richtung Weg zum Garten.

Torres widmet sich seinem Essen. Plötzlich fallen zwei Schüsse und der Scherge zu seiner Rechten zuckt kurz. Was Torres mit einer kurzen Handbewegung zu stoppen weiß.

„Verräter bekommen immer ihre gerechte Strafe. Sucht morgen einen neuen Spion im Vatikan heraus. Die sind doch alle bestechlich. Hauptsache, er ist vertrauenswürdig! Du kennst die Prozedur."

Dann nimmt der den Hummer, bricht mit Gewalt den Panzer auf und beginnt das Fleisch zu essen.

Am nächsten Morgen
Klostergruft

Bruder Michael und Elias betreten die Gruft mit den verschieden gestalteten Sarkophagen. Der junge Mönch kam noch gestern Abend, kurz vor der Nachtruhe, zu ihm und bat darum, dass er heute früher aufstehen solle. Denn er werde ihn dann an einem besonderen Ort zu Pater Pedro bringen. Dass dieser Ort nun die Gruft ist, erstaunt Elias sehr.

In einem Nebenraum stehen mehrere besonders aufwendig gestaltete Sarkophage. Acht an der Zahl, wobei der letzte offen ist. Vor einem kniet Pater Pedro und betet. Der Sarkophag ist von neun schmalen Säulen umgeben und diese tragen ein aufwendig verziertes, im gotischen Stil gehaltenes Dach. In der Mitte auf dem Deckel kniet ein Mönch und betet. Um ihn herum sieben weitere Herren in langen Gewändern, die ihre Hände in seine Richtung halten. Vor dem Mönch scheinen vier Tafeln mit Hieroglyphen zu liegen. An der vorderen Seite ein Tor, aus dem ein starker Lichtschein hervor tritt. Und vier Engel weisen mit ihren Händen zu dem Eingang zum Licht.

Die beiden bleiben stehen und Pater Pedro erhebt sich, deutet

Bruder Michael mit einer kurzen Handgeste, dass er wieder gehen kann. Was der junge Mönch sofort befolgt.

„Nun, mein Sohn, du wunderst dich sicher, warum ich dich an diesen Ort bringen ließ?"

Elias nickt.

„Der Zyklus des Lebens, Leben und Tod. Wir Menschen waren uns schon immer dessen bewusst. Was geboren wird, muss eines Tages wieder sterben. Manche Menschen gehen sehr früh von dieser Welt, andere widerum haben das Privileg, das Leben lange zu genießen. Ich gehöre zu der zweiten Gruppe. Wofür ich sehr dankbar bin. Ich hatte bis heute ein wundervolles Leben, voller Höhen und Tiefen. Ganz so, wie es sich gehört, das Leben in seinem wahren Sinne ist.

Doch deshalb habe ich dich nicht hierher bringen lassen. Dies ist ein besonderer Ort. Diese sieben Mönche stehen für ein großes Geheimnis, für etwas Besonderes. Sie entbehrten auch viel dafür. Dennoch waren sie sich stets ihrer Verantwortung und der Tragweite dieses Geheimnisses bewusst. Sie beschützten es vor vielen Neugierigen und Scharlatanen.

Komm bitte zu mir, mein Sohn!"

Elias folgt der Aufforderung und sie gehen zum offenen Sarkophag. Bei dem Anblick wird Elias mulmig und er fragt sich, was das alles jetzt zu bedeuten hat?

„Habe keine Angst oder Sorge, der ist nicht für dich bestimmt. Lies, was auf dem eisernen Schild geschrieben steht!"

Er geht näher ran und liest den darauf festgehaltenen Namen: Bruder Pater Pedro. Ihm stockt der Atem.

„Ja, mein Sohn, hier werde ich eines Tages meine letzte Ruhe finden. So, wie die sieben anderen Mönche zuvor. Dennoch fragst du dich bestimmt, warum wir separat in einem Neben-raum liegen und unsere Sarkophage so prunkvoll ausstaffiert sind?"

Elias kommt langsam wieder zu sich und nickt nach einem kurzen Moment.

„Uns alle verbindet ein besonderes Privileg. Wir sind die Wächter des großen Geheimnisses."

Stiermann reißt die Augen auf. *Das ist also der Grund für seine Geheimhaltung!*

„Einer der Gründe, warum der Weg hier zu mir so steinig war. Wir werden durch die Ordensgemeinschaft geschützt, durch unsere Brüder hier im Kloster. Wir selbst suchen unseren Nachfolger aus unseren Reihen aus. Unser Gespür hilft uns dabei, den richtigen Zeitpunkt zu wählen und vor allem den neuen Wächter. Er wird dann durch den Vorgänger in alles eingewiesen. Dennoch sind neue, außergewöhnliche Zeiten angebrochen, die nach einer Veränderung verlangen."

„Die da wäre, Pater Pedro?" – „Ab heute werde ich dich an dieses Geheimnis heranführen."

„Das heißt, sie machen mich zum neuen Wächter?"

Pater Pedro lächelt und nickt. – „Aber ich bin doch kein Ordensbruder, kein Mönch in ihrem Kloster!"

„Nun, wie ich schon sagte, mein Sohn. Außergewöhnliche Zeiten verlangen nach Veränderungen, neuen Wegen. Diese werden wir ab heute gemeinsam beschreiten. Wenn auch nur ein kurzes Stück. Aber dieser Weg ebnet dir vieles auf deiner anschließenden Reise." Er dreht sich zum Sarkophag, an dem er zuvor betete. „...und wir sollten uns beeilen! Denn ihr seid dem Geheimnis und der versunkenen Stadt, mit ihrem Tempel, nicht allein auf der Spur. Deshalb bitte ich dich, gleich nach dem Gottesdienst und dem Frühstück zu mir in die Bibliothek zu kommen! Bruder Michael wird dich zu mir bringen."

„Ist es denn in Ordnung, wenn sie mir das Geheimnis offenbaren? Ich meine, gibt es denn keine Probleme für sie, wenn sie diese Vorschrift, oder was es auch immer ist, einfach brechen?"

„Sicherlich gab es Probleme deswegen. Aber diese sind nun gelöst und wenn du wirklich dazu bereit bist, all das Wissen zu empfangen und die Reise zu vollziehen, dann sollten wir heute damit beginnen. Denn die Zeit drängt!"

„Ja, natürlich bin ich bereit! Ich kann es kaum erwarten!"

„Gemach gemach, mein Sohn! Immer einen Schritt nach dem Anderen! Erstmal gehen wir wieder hinauf und in die Kirche, denn das Morgengebet erwartet uns. Du weißt doch!"

Elias lächelt. „Den Herrn sollte man nicht warten lassen."

„So ist es, mein Sohn." Auch Pater Pedro lächelt und hakt sich mit der linken Hand bei Elias unter. „Dort entlang, Elias!" Er weist mit der rechten in Richtung Ausgang der Gruft. Beide gehen sie an den Sarkophagen vorbei, wobei sie sich noch angeregt unterhalten. Elias möchte wissen, wie Pater Pedro zum Wächter wurde.

Vatikanstadt, auf einem der Flure

Der Mitstreiter von Kardinal Menzinger steht auf dem Flur und schaut ihn erstaunt an: „Oh, Menzinger, sie sind schon wieder da?"

„Gerade eben aus Paris zurück, mein Freund. Gibt es etwas Neues hier?"

„Nichts Besonderes. Bei ihnen?" – „Ich war im Kloster der Wahrhaftigkeit und ich bin felsenfest davon überzeugt, dass der Abt dort etwas verheimlicht. Das eine wahre Buch LEGATUM muss dort zu finden sein!"

„Was macht sie so sicher?" – „Es ist das einzige Kloster, das von der Zeit her in Frage kommt und der Abt ist mehr als merkwürdig. Mir etwas zu erhaben über diese Situation. Ich bin mir sicher, dass er sich der Tragweite nicht im Geringsten bewusst ist!"

„Hmm... Aber wie wollen sie nun an das Buch herankommen?" – „Ich habe einen Plan..."

„Der da wäre?", unterbricht ihn der andere Kardinal.

„Ich lasse das Kloster weiterhin überwachen und werde mich an das Ordinate wenden und schriftlich um die Einsicht in das Buch im Kloster der Wahrhaftigkeit bitten."

„Denken sie daran, dass sie die Hierarchien nicht übergehen dürfen! Noch weiß seine Heiligkeit nichts davon. Eigentlich darf nur er derartige Konversation betreiben."

„Sie sagen es! Eigentlich..."

„Menzinger, ich warne sie! Übertreiben sie es nicht! Es steht sehr viel auf dem Spiel!"

„Da haben sie absolut Recht! Doch ich frage mich gerade, auf wessen Seite sie stehen?"

„Auf der richtigen! Doch ich versuche ihren übereifrigen Enthusiasmus etwas auszubremsen. Eines Tages werden sie mir dafür dankbar sein. Glauben sie mir!"

„Wie sie meinen, mein Freund! Ich muss erst mal weiter..." Dann geht Menzinger durch die hintere Tür des Flures ab. Der andere Kardinal schaut ihm erst hinterher, dann aus dem Fenster zu seiner Rechten und schüttelt dabei den Kopf.

Klosterbibliothek

Pater Pedro und Elias stehen vor einem Pult, auf dem ein dickes altes Buch liegt.

„Du wolltest wissen, warum der Mönch auf dem Sarkophag von sieben Männern im Gewand umgeben war und was für Tafeln vor ihm lagen! Nun, dafür muss ich dir erstmal den Ursprung dieser Bedeutung näher bringen. Er liegt in den ältesten Aufzeichnungen der Menschheit: den Smaragdtafeln des Thoth. In der ägyptischen Mythologie wird Thoth als der Schreiber der Götter bezeichnet. Der Gott des Wissens, welcher über alle relevanten Themen des Lebens Bescheid wusste und somit auch Ratgeber war. Er führte die Menschen an die Medizin und ihre Möglichkeiten heran. Bereits in der Antike gab es medizinische Eingriffe, Amputationen und sogar erste so genannte Prothesen. Das findest du auch in der Geschichte des alten Chinas. Die Menschen waren damals viel weiter, als wir heute zu glauben wagen. Wir bezeichnen uns doch heute gern als die Erfinder und Entdecker, machen große wissenschaftliche Fortschritte. Die es im Grunde genommen bereits viel früher gab. Das belegen auch die Smaragdtafeln des Thoth. Sie beinhalten Wissen und Gesetze, die unser Leben heute genauso ausmachen, wie 50000 vor Christus. Zu jener Zeit, als Atlantis dem Untergang geweiht war und das Wissen durch Thoth weiter getragen wurde. Bis er es 36000 vor Christus auf den zwölf Tafeln festhielt. Nachdem er das Volk der Khem zur Hochkultur geführt hatte."

Er öffnet das Buch auf dem Pult und blättert mehrere Seiten um.

„Du kannst dieses Wissen aus zwei verschiedenen Blickwinkeln betrachten: Zum Einen aus dem der Präastronautik. Der andere ist mit deinem Herzen. Indem du beim Lesen deinem Gefühl folgst und den ersten Gedankengängen, die durch deinen Kopf kreisen.

Doch bleiben wir einmal bei der Präastronautik! Sie beschäftigt sich mit unerklärlichen Phänomenen in unserer Geschichte, mit möglichen Einflüssen in unserer Entwicklung durch außerirdisches Leben. Es gibt viele Beweise mittlerweile dafür. Auf allen Kontinenten unserer Erde sind sie zu finden. Seien es die

Wandmalereien der Urvölker Amerikas, auf denen sogar Lebe-
wesen mit Helmen und Anzügen zu erkennen sind. Auf einer
der Malereien fand man sogar ein dargestelltes Raumschiff.
Auch hierzu finden sich viele Hinweise in den Smaragdtafeln.
Thoth schreibt selbst darüber, dass er mit seinem Raumschiff
Atlantis verließ und zu dem barbarischen Urvolk der Khem flog.
In der vierten Tafel spricht er davon, dass er in den Raum hinaus reiste, in die Lichtkreise der Unendlichkeit. Dort fand er
Planeten mit vielen Menschenrassen auf ihren Welten. So steht
es dort geschrieben. Was die Thesen der Präastronautiker natürlich beflügelt. Weiterhin spricht er von Sternenkinder, die
auf die Erde hernieder kamen und das Licht, das Wissen, zu den
Menschen brachten. Nun, sie werden hier in vielen Schriften als
Engel und auch Götter bezeichnet. Doch wer waren sie wirklich
und vor allem, gab es sie wirklich? Oder waren es nur Fantasien
oder Fehlinterpretationen der Schreiber und Übersetzer dieser
Schriften? Das ist heute schwer zu sagen. Was dagegen sehr
eindeutig ist, sind Funde von Skulpturen und Figuren in Latein-
und Südamerika, die Helme als Kopfschmuck tragen. Die Wissenschaft ist bei vielen der Funde und Schriften ratlos. Was sie
nicht erklären können, verneinen sie oder legen es als Fantaste-
rei ab. Doch die Figuren sind real. Die Wissenschaft basiert auf
dem menschlichen Verstand und dieser ist, bekanntlicher Weise,
beschränkt. Er stößt an Grenzen und diese werden dann in
solchen Momenten sichtbar. Alles muss und sollte erklärbar
sein. Es gibt Dinge und Mysterien auf dieser Welt, die kann ein
Mensch nicht erklären. ...und er sollte lernen, es endlich anzunehmen und für sich zu nutzen. Quantenphysiker kamen in
vielerlei Hinsicht zu dem Schluss, dass nicht der Weltraum die
sich ausbreitende und übergreifende Grenze ist, die man eines
Tages gern einmal erreichen will, um es zu erklären. Sondern

vielmehr der Geist. Das lässt doch ganz neue und andere
Schlüsse zu und wenn die Menschheit sich wieder beginnt,
darauf zu besinnen, eröffnet sie sich ungeahnte Möglichkeiten.
Immerhin benutzt ein Mensch nur zehn Prozent seines Denk-
vermögens. Was die eingeschränkte Denkfähigkeit noch einmal
untermauert. Die zweite Möglichkeit, dieses Wissen zu betrachten und sich zugängig zu machen, ist die, es mit dem Herzen zu
lesen. Frei von Vorurteilen und beschränkter Gedankenwelt.
Die Menschen müssen wieder lernen, ihre Beschränktheit des
Sehens und Denkens, auch des Fühlens abzulegen. Nur so sind
sie in der Lage, die Dinge wirklich zu sehen und auch zu verstehen. Denn der Weg des Herzens bedeutet nicht den Weg der
Naivität zu gehen. Die kommt allein aus Unwissenheit über das
Leben und den Menschen."
Elias lauscht gebannt den Ausführungen und auch wenn ihm
einiges bekannt vorkommt, sie erstaunt ihn die Sichtweise, mit
der Pater Pedro an die Dinge herangeht.
„Die Tafeln erklären viele Mysterien des Lebens. Auch die
Gleichheit der Überlieferungen in allen Mythen auf der Erde. In
jeder spricht man von Göttern, die vom Himmel auf die Erde
kommen, sich mit dem Menschen auch paaren. Aber vor allem,
um das Wissen weiter zu geben und die Evolution der Menschheit voran zu bringen. Du findest es im Buddhismus, im Christentum, im Islam, in der griechischen wie auch römischen Antike, in denen der Urvölker Nord-, Latein- und Südamerikas.
Selbst auf den abgelegenen Inseln im Pazifik. Nur die Frage, wer
sie wirklich waren, die bleibt offen und lässt sehr viel Spielraum
für Thesen und Spekulationen. Hier ist es an der Zeit, den Verstand nicht gänzlich abzulegen, ihm aber die Oberhand in unserem Sehen, Fühlen und Denken abzunehmen. Denn dann offenbart sich eine unendlich große Bandbreite an Wissen und

Möglichkeiten, sein Leben so zu gestalten, wie es den Menschen einst auch verheißen war."

Pater Pedro macht eine kurze Pause, da er in ein fragendes Gesicht schaut.

„Aber wie kann ich, können wir den Weg des Herzens gehen, wenn wir es doch nie gelernt haben? Ich meine, wir wurden doch dazu erzogen, im gewissen Maßen zu funktionieren und diese Gesellschaft, in der wir leben, aufrecht zu erhalten."

„Das ist richtig, mein Sohn! Dennoch gab ich dir bereits den Hinweis: Ihr müsst lernen, eure Vorurteile gegenüber den Menschen und den Dingen abzulegen. Die Grenze eures Denkens durchbrechen und offen sein für all das Neue, manchmal auch Unfassbare. Dann bereitet ihr, bereitest du den Weg zu deinem Herzen. Entledige dich der Mauern, in denen du lange genug eingesperrt warst! Sicherlich waren sie dir auch ein Schutz. Aber wer den Weg des Herzens geht, authentisch ist und in Liebe handelt, braucht sich nicht zu schützen. Denn was du säst, wirst du ernten. Das Gesetz der Resonanz. Auch dieses Gesetz findest du in den Smaragdtafeln. Du erschaffst deine Welt, im Einklang mit dem, was dich umgibt. Dennoch wirst du merken, dass deine Gedanken deine Umwelt beeinflussen, ja sogar prägen. Du ziehst das in dein Leben, was du dir gedanklich erschaffen hast. Dabei solltest du beachten, dass ein positiver Gedanke tausendmal stärker ist, als ein negativer. ...und was du denkst, setzt sich nicht sofort in die Realität um. Es braucht etwas Zeit. Aber du bist der Regisseur deines Lebens, den Stift hältst du allein in deiner Hand. Niemand anderes! Es sei denn, du hast dein Leben in fremde Hände gelegt und du lebst das Leben der Anderen. Dann war es deine Entscheidung, egal aus welchen Motiven heraus. Dennoch kannst du dir den Stift jeder Zeit zurückholen. Es liegt immer ganz allein an dir! Du bestimmst, was mit dir und deinem Leben geschieht. Gehst du deinen Weg und bleibst dir dabei treu, dann sorgt das Leben dafür, dass du dein Ziel erreichst und alles, was du auf diesem Weg benötigst, dir gereicht wird. Durch welche Situation oder welchen Menschen auch immer. Das wirst du dann im richtigen Augenblick merken."

„Hmm... Klingt schlüssig und machbar. Eine große Aufgabe für diese kurze Zeit."

„Du wirst es schon schaffen, mein Sohn! Denn das Leben legt nur so viel auf deine Schulter, wie du auch bewältigen kannst. Selbst wenn es dir im ersten Moment zu viel erscheint. Aber du sollst auf deinem Weg lernen und dich weiter voran bringen. Leben bedeutet Voranschreiten, nicht Stillstand!"

Elias nickt und sein Blick verrät Pater Pedro, dass er es verstanden hat. Nun bleibt nur die Hoffnung, dass Elias es schnell in die Tat umsetzt. Denn die Zeit drängt.

„Du solltest dir verinnerlichen, dass dieses Wissen in den Smaragdtafeln so alt wie die Menschheit selbst ist. Ein Erbe der ältesten Hochkultur, die auf der Erde existierte und 50000 vor Christus unterging. All die großen Errungenschaften eurer heutigen Zivilisation waren keine Ergebnisse großen Erfindergeistes und wissenschaftlicher Errungenschaften der heutigen Epoche. Sie sind viel älter. Ein Beispiel möchte ich dir dafür geben: Heron von Alexandria war ein großer Geist seiner Zeit, Erfinder und offen für die Gesetze und den Möglichkeiten, die sie eröffneten. So erfand er im ersten Jahrhundert nach Christus bereits die erste Dampfmaschine. Bekannt auch unter der Heronschen Kugel. Indem er das Wasser in der Kugel erhitze und der Dampf aus den zwei Düsen, die an der Kugel angebracht waren, austrat, begann sich die Kugel zu drehen. Durch die Kraft des Wassers wurden viele Errungenschaften damals gebaut, die bis vor Kurzem der heutigen Wissenschaft Rätsel aufgaben. Steinsägen wurden durch Wasserräder betrieben, wie auch in Asien Korndreschen. Ganze Städte versorgte man durch Kanalisationen mit Wasser und führte das Abwasser aus der Stadt hinaus. Kommt dir jetzt sicherlich bekannt vor. Heron von Alexandria baute auch für einen Tempel der Göttin Athene eine sich selbst öffnende und schließende Tür. Allein durch die Kraft des Wasser und durch die Ausbreitung des Dampfes. Für die Bevölkerung glich das einem Wunder, einem Mysterium, welches durch die Göttin Athene selbst ausgelöst worden sein musste. Im alten Rom gab es die ersten Fußbodenheizungen, Viadukte und vor allem das erste Straßennetz Europas. Noch heute verlaufen viele Hauptstraßen auf den alten Routen der Römer. An der Wand eines ägyptischen Tempels in Dendera fand man ein Relief, auf dem zwei große Glühbirnen abgebildet sind. Da stellt sich doch die große Frage, ob nicht sogar die alten Ägypter diese Glühbirne oder deren Vorgänger erfanden? Das Wissen der Menschheit ist so alt, wie sie selbst. Es geriet nur in Vergessenheit oder wurde unterdrückt, wenn man es in der Entwicklung für zu fortschrittlich hielt. Ein letztes Beispiel möchte ich dir dafür noch geben:

Das größte Kriegsschiff wurde in der Antike gebaut, mit zwei Rümpfen und Platz auf seiner Plattform für fünf Heere. 4000 Ruderer waren nötig, angeordnet auf zwei Etagen zu jeder Seite eines Rumpfes. Ein Meisterwerk der Schiffsbaukunst und gewaltig im Ausmaß, dass sich heutige Kriegsschiffe teilweise dahinter verstecken könnten. Die Katamaranbauweise hatte ihre Geburt in der Antike. Ingenieure und Baumeister, die wahrhaft großen Visionäre und Erfinder gab es bereits lange vor Christus und ebenso in der Antike. Das, was wir heute als unsere Errungenschaften nennen, sind ein Abbild dessen, was uns das alte Wissen lehrt."

„Das wirft natürlich Einiges über den Haufen. Anders als das, was uns zu unserer Zeit in der Schule gelehrt wurde."

„Öffne dein Herz und wende deinen Blick zum Licht, verlasse die Enge und die Grenzen der Finsternis, die Beschränktheit des menschlichen Denkens. Lege die alten Strukturen, alles, was man dir aufbürdete und beibrachte, ab. Dann erkennst du die unendliche Weite des Seins. Du lernst wieder neu zu sehen und zu verstehen. Auch wenn es dir am Anfang suspekt vorkommen mag. So wirst du mit der Zeit die Wahrheit erkennen. Stück für Stück beseitigt sie den Schleier vor deinen Augen und dann sei bereit, anzunehmen. Das große Wissen liegt zu unseren Füßen, denn es ist ein Teil von uns. So, wie wir ein Teil dieser Erde, des Universums da draußen sind. All das fließt durch unsere Adern, ist in unseren Zellen zu Hause. Wenn wir Menschen uns allein das tief verinnerlichen und oftmals vor Augen halten, werden wir mit dem, was uns umgibt und auch mit unseren Mitmenschen anders umgehen."

Pater Pedro schließt das Buch wieder. Im Grunde genommen brauchte er es gar nicht, denn während des Treffens blätterte er keine weitere Seite um.

„Die sieben Herren der Hallen von Amenti, die über uns wachen und uns lenken, richten und schenken, wie nehmen. Sie verkörpern auch das Wissen und die Macht über das Leben. Wir, die Wächter des großen Geheimnisses, sind uns dessen stets bewusst. Deshalb umkreisen sie den letzten Wächter auf dem Deckel seines Sarkophages.

Auf deiner Reise wird dir die Bedeutung jeder einzelnen Tafel vor Augen gehalten und in jenen Augenblicken solltest du deinem Herzen, deinem Instinkt, folgen. Denn sie bringen dich immer auf den richtigen Weg."

Dann nimmt er das Buch und stellt es ins Regal zurück. Elias atmet tief durch. Er hat das Gefühl, der Fülle der Informationen erst einmal Platz zu verschaffen.

„Nun, dann sollten wir den Weg zur Kirche beginnen, denn das Mittagsgebet ruft.", wendet sich Pater Pedro Elias wieder zu.

Vatikanstadt, Menzingers Büro

Der Kardinal steht am Fenster und schaut auf den Petersplatz. Die Polizei baut die ersten Absperrungen auf. In zwei Tagen tritt das Oberhaupt hinaus, hält eine Ansprache zu den Ereignissen in Europa und gibt danach Privataudienzen. Viele hunderttausend Menschen aus aller Welt werden erwartet. Bereits jetzt sind eine Menge Gläubige in der Stadt, besuchen auch heute den Petersdom mit der Grabstätte des Heiligen Petrus.

Für einen Augenblick vergisst Menzinger seine Mission. *Was wird er wohl sagen? Bisher hatte noch niemand einen Einblick in seine Ansprache. Nur sein Privatsekretär weiß, welche Richtung sie einschlägt. Der Zustrom der Menschen wird größer, hört nicht auf. Immer mehr Menschen kommen aus den Krisengebieten nach Europa, andere ärmere Länder Europas schließen sich an. Die armen Menschen zieht es in die Länder, die noch am Wohlhabendsten sind. Doch zu welchem Preis? Was bringen sie alles mit?*

Er dreht sich um und nimmt auf seinem Schreibtischstuhl Platz. *Der Islam kehrt mehr und mehr nach Zentraleuropa, gewinnt an Einfluss. Was wird aus dem christlichen Glauben, der einst prägend in ganz Europa war? Wie viele Menschen von denen, die einwandern, sind den europäischen Kulturen wohl gesonnen?*

Er legt seine Stirn in Falten. Ihm wird klar, welche Veränderungen bevor stehen können und was das für die katholische Kirche bedeuten würde. *Doch wie sollen wir ihnen entgegen treten? Wenn wir nicht einmal wissen, wie sie uns gegenüber wirklich gesonnen sind! Christliche Nächstenliebe oder doch vorsichtige Besonnenheit, Kontrolle? Es ist nicht leicht. Ich hoffe, er findet die passenden Worte dafür!*

Er nimmt eine Akte hoch und sieht das Blatt mit dem aufgemalten Tattoo. Ein leichtes Grinsen fährt ihm über die Lippen. Dann greift er zum Telefon und bittet sein Sekretär zum Diktat. Der Kardinal nimmt das Blatt Papier und legt die Akte zurück auf den Tisch. Während er sich mit der rechten Hand über das Kinn hin und her streift, betrachtet er genau das Tattoo. Da klopft es an der Tür und er bittet herein. Sein Sekretär betritt das Zimmer: „Hier bin ich, euer Exzellenz!"

„Gut, dann nehmen sie Platz und fangen sie an zu schrieben: An das Ordinate des Benediktinerordens..."

Im Kloster, Pater Pedros Zimmer

Bruder Michael räumt das Essgeschirr ab und Bruder Johannes betritt den Raum.

„Was kann ich für dich tun, Bruder Johannes?", wendet sich Pedro ihm zu und nimmt ebenfalls am kleinen Tisch Platz.

„Es wird zeitlich eng. Die politische Situation verändert sich in Europa. In zwei Tagen spricht das Oberhaupt der Kirche auf dem Vorplatz des Vatikans zu den Gläubigen und zur ganzen Welt. Hinzu kommt, dass die Beobachter mir langsam zu anstrengend und lästig werden. Ein täglicher Besuch in unserem Kloster fällt mehr als auf. Die Drei sollten so schnell wie möglich unser Kloster verlassen! Damit wir endlich wieder zur Ruhe und zu unserem geregelten Ablauf kommen."

„Aber, entschuldige bitte, wie stören sie denn den Ablauf in unserem Haus? Ein jeder von uns geht doch seinen Arbeiten nach. Abgesehen von mir. Denn ich weise den jungen Stiermann in das Wichtigste ein, was er für die Reise benötigt."

„...und genau das beschert uns Probleme! Es wird Zeit, dass wir diese Beobachter los werden. Desto länger die Drei sich hier aufhalten, desto gefährlicher wird es für uns! ...und du weißt genau, was ich damit meine!"

„Gut, dann sollten wir es morgen Abend beenden und die Drei nach dem Abendessen in die Krypta führen."

„Du willst was?" Der Abt ist fassungslos.

„Alle Zweifel kannst du nur durch Beweise verbannen. So war es schon immer. Der Mensch glaubt nur wirklich, was er sieht. Deshalb sollten wir das morgen Abend vollziehen, bevor sie den darauf folgenden Tag abreisen."

„Du kennst meine Meinung dazu!"

„Die kenne ich, Bruder Johannes. Aber wir müssen nun mal mit der Zeit gehen. Es ist mehr als notwendig, dass die Wahrheit ans Licht kommt. Die politischen Veränderungen zeigen es uns. Deshalb bitte ich dich, die Drei morgen Abend in die Krypta zu bringen. Ich werde euch dort erwarten. Du weißt, dass ich ein paar Vorbereitungen treffen muss und sie deshalb nicht dorthin führen kann."

Der Abt versenkt seinen Kopf in die Hände und schüttelt ihn.

„Quo vadis?", murmelt er dann vor sich hin.

Pater Pedro lächelt. „Wir gehen den richtigen Weg. Eines Tages wirst du es verstehen und sehen. Vertraue mir!"

Bruder Johannes schaut ihn wieder an: „Deine Zuversicht möchte ich haben. Du wirst auch nicht täglich beobachtet..."

„Wir haben eine Verantwortung. Das weißt du! Eines Tages wird es soweit sein, dass die Wahrheit ans Licht kommen muss.

Auch dessen waren wir uns immer bewusst. ...und nun ist es soweit, Bruder Johannes. Wir dürfen uns dieser Verantwortung nicht verschließen!"

Der Abt legt die Hände zurück auf seine Oberschenkel und den Oberkörper an die Lehne des Stuhls. Er schaut Pater Pedro ungläubig an. Doch dieser lächelt nur.

„Nun gut!", unterbricht Bruder Johannes die kurze Stille. „Wenn es dann sein muss, so soll es geschehen! Mag der Herr uns Beiden beistehen!"

„Das wird er. Genauso, wie jeden Tag. Das Urvertrauen ist die Antwort auf alle Ängste und Zweifel. Ab und an sollten wir uns darauf besinnen und dahin wieder zurückkehren. So, wie wir es früher jeden Tag lebten."

„Ich werde die Drei nach dem Abendessen zu einem Gang in die Klosterkirche bitten und sie dann zu dir führen. Alles Weitere überlasse ich danach dir allein. Ich werde nur ein stummer Zeuge sein und erst dann mein Wort erheben, wenn sie sich der Sache nicht würdig erweisen. Mag uns der Herr beschützen! Dir eine gesegnete Mittagsruhe, Bruder Pedro!"

„Ich danke dir, Bruder Johannes! Wir sehen uns dann beim Abendgebet! Arbeite nicht zu viel, auch du brauchst deine Ruhepausen!"

Der Abt lächelt nur und verlässt das Zimmer.

Yukatan, am Haifischbecken in Torres' Park

José Torres steht neben einem der Wächter und Tierpfleger: „So etwas darf nicht wieder passieren! Es sind Meerwassertiere! Da hat Süßwasser nichts drin zu suchen!"

„Wir werden es besser beobachten, Senior!"

„Sehr gut! Meine Babys liegen mir am Herzen und sie haben die volle Verantwortung für ihr Wohlbefinden. Auch wenn ich für ein paar Wochen auf Reisen bin!"

„Jawohl, Senior! Ich werde mich um sie kümmern, wie um meine eigenen Kinder."

„So möchte ich das haben!"

Einer seiner Schergen kommt zum Becken und berichtet ihm, dass der Übersetzer auf ihn wartet. Torres ordnet an, ihn hierher zu bringen. Während der Scherge ihn holt, geht er zum Bottich mit dem blutenden Frischfleisch. Die drei Haie sind bereits aufgewühlt. Sie haben seit ein paar Tagen nichts mehr zu fressen bekommen. José nimmt ein blutendes Stück Fleisch in die Hand, als der Übersetzer auf der kleinen Terrasse erscheint. Dieser schluckt erstmal tief und Torres wirft das Fleisch in das Becken. Worauf sich die drei Haie wie Hyänen drauf stürzen. Torres nimmt ein weiteres Stück in die Hand: „Nun, mein Freund? Was für Neuigkeiten habt ihr für mich?"

Immer noch verwirrt schaut der Mann Torres an und dann wieder in das Haifischbecken.

„Hat es ihnen die Sprache verschlagen?" José grinst dreckig.

„Nein,... Nein, Senior! Ich... Ich wollte ihnen nur die Übersetzungen der ersten zwei Bücher bringen. Sie sind nun verständlich übersetzt und damit ohne Fragen lesbar."

„Das klingt doch großartig!" Wieder wirft er das Stück Fleisch ins Becken. „Ganz nach meinem Geschmack."

„Wie meinen sie?", fragt der Übersetzer wieder verwirrt.

„Dass sie sie so übersetzt haben, dass den Kauderwelsch auch jeder versteht. Das ist mehr als wichtig! Legen sie mir die Übersetzungen auf meinen Schreibtisch im Büro! Bis wann schaffen sie die anderen drei Bücher?"

„Nun, ich denke so in ein zwei Wochen sind auch sie fertig."

Mit einem weiteren Stück Fleisch in der Hand, dessen Blut

ebenfalls auf den Boden tropft, schaut Torres ihn an: „Sie haben
nicht länger als eine Woche! Die Zeit drängt, mein Freund.
Geben sie sich Mühe! Oder wollen sie so, wie dieses Stück
Fleisch enden?" Er wirft es in das Becken und lacht laut dabei.
Der Übersetzer schaut den Wächter an, der etwas verwegen
lächelt. Der Scherge neben ihn grinst nur dreckig.
„Jawohl, Senior! In einer Woche werden sie die Übersetzungen
haben."
„Sehr gut, mein Freund! Dann sollten sie keine Zeit verstreichen
lassen!" Er winkt den Übersetzer weg. Was dieser sofort befolgt,
begleitet vom Schergen.

Klosterbibliothek

Pater Pedro und Elias sitzen in den Ledersesseln im Erker der
Bibliothek. Der junge Stiermann nickt mit dem Kopf: „Gut, so
machen wir das. Es ist auch ein sehr guter Zeitpunkt, da wir in
den Menschenmassen in Rom gut untertauchen können und so
vielleicht den Beobachtern entkommen!"
„Das denke ich auch. Einen besseren Moment können wir nicht
abpassen. In der momentanen Situation sind die Menschen
noch durch das Flüchtlingsthema abgelenkt und ihre Aufmerksamkeit richtet sich nicht auf euch."
„Ich bin nur gespannt, wie das alles enden wird!"
„Nun, es ist der Anfang.", entgegnet Pater Pedro mit ernster
Mine. „Die Menschen waren immer auf Wanderschaft. Schon
seit der Urzeit. Sie bevölkerten vom Urkontinent aus den nahen
Osten, von dort aus Südasien und Australien, viel später weitere
Teile des asiatischen Kontinents, Europa und den heutigen
amerikanischen Kontinent.. Soweit die wissenschaftlichen Be-
weise durch archäologische Funde. Wobei man heute festge-

stellt hat, dass der europäische Mensch von denen aus Asien abstammt. Es werden immer wieder neue Funde gemacht und die Geschichte der Menschheit muss hier und da erneuert und verändert werden. Doch es wird gewiss nicht die letzte Änderung gewesen sein."

„Ich erinnere mich, dass René Anne erzählte, dass vermutlich die ganze Evolutionsgeschichte neu geschrieben werden muss. Wenn das Geheimnis gelüftet wird und wir die Bedeutung des versunkenen Tempels offenbaren."

Pater Pedro nickt mit dem Kopf. „Nun, das ist durchaus möglich. Der Mensch hat bis heute nicht alle Möglichkeiten seiner Geschichte entdeckt und ausgelotet. Er muss weitere Grenzen sprengen, um der Wahrheit auf die Spur zu kommen. Die Frage ist nur, ob er sie dann annehmen und akzeptieren kann?"

„Ich denke eher nicht. Da viel zu viele Menschen dem großen Trott der Gedanken und des Wissens verfallen sind. Sie werden gewiss aufschreien und erstaunt sein, aber mehr erwarte ich da nicht."

„Da magst du Recht haben, mein Sohn. Aber wir gehen in ein neues Zeitalter hinüber. Das alte Weltenjahrtausend ist beendet und das neue beginnt sich erst zu formieren."

„Was meinen sie damit, Pater Pedro?" Elias guckt ihn mit großen Augen an.

„Nun, am 21. Dezember 2012 endeten alle großen religiösen Kalender. Am Berühmtesten ist wohl der der Maja. Ein jeder glaubte, dass die Apokalypse kommt, die Welt untergeht und wir alle sterben müssen. Aber nichts passierte. Nach dem alten Weltenjahrtausend folgt ein neues und es kommt mit neuen, alten Werten daher. Momentan befinden wir uns in einer starken Veränderung und sie wird noch eine Weile dauern. In Schriften steht geschrieben, dass ab dem Jahr 2016 der Jahre vier ins Land gehen, indem sich die Welt von dem reinigen wird, das im neuen Jahrtausend keinen Platz mehr findet. Die Menschen werden zusammenrücken und erkennen, dass sie nur in Liebe und gegenseitigem Respekt miteinander leben können. Sie werden auf ihren Ursprung zurück geführt. Demut, Liebe, Respekt, Dankbarkeit und Harmonie zwischen einander sind die neuen Werte. Du fragst dich nun sicher, ob die Menschen dafür wirklich bereit und in der Lage sind? Nun, das ist der Grund der Veränderung. Der Vorbereitung und Umwälzung in das neue Weltenjahrtausend. Wer diesen Weg geht, hat eine erstrebenswerte Zukunft vor sich. Wer sich diesem Weg aber abwendet, dem bleibt die Kälte und Finsternis. So steht es jedenfalls geschrieben.

Doch kommen wir zu den Wanderungen der Menschen auf Erden zurück! Nach den großen Völkerwanderungen auf unserer Erde kamen die Eroberungen und Entdeckungen neuer Länder und Kontinente. Vasco da Gama eroberte Indien, Christoph Kolumbus die neue Welt, den amerikanischen Kontinent. Jedenfalls wird es ihm heute noch zugeschrieben. Doch war er wirklich der Erste?"

„Uns wurde es so gelehrt."

„Dann vergiss das ganz schnell!" – „Aber warum?"

Pater Pedro lächelt: „Weil er nicht der erste Europäer war, der den amerikanischen Kontinent betrat. Es waren andere bereits vor ihm dort. Wenn auch nicht an der Stelle, wo er landete. Bereits im Jahr 1000 betraten Wikinger den amerikanischen Kontinent, unter Leif Eriksson. Sie gründeten dort sogar eine kleine Kolonie und wurde ansässig. Vor ein paar Jahren fanden Archäologen ein kleines Wikingerdorf an der Küste Neufundlands. Dennoch wird Christoph Kolumbus, der 492 Jahre später in der Karibik den Boden betrat, weiterhin als der Entdecker des amerikanischen Kontinents gepriesen. Ein Europäer, mit königlich spanischer Unterstützung, der eine dauerhafte Kolonialisierung durch seine Reisen ermöglichte. Die Wikinger hingegen galten als ein kriegerisches, barbarisches Volk. Sie waren zwar die ersten großen Seefahrer und Entdecker, aber dennoch geriet ihre Anlandung auf Neufundland, welches sie ebenfalls mehrmals ansteuerten, als geschichtlich nicht so einschlägig wie die Entdeckung der Karibik durch Kolumbus. Erst in den letzten Jahrzehnten der Forschung fand man heraus, dass sie gar nicht so barbarisch waren. Sondern ebenso Bauern und Händler, wie andere Kulturen Europas auch. Die Vorurteile haben dem Menschen oftmals den Blick auf die Wahrheit verschleiert oder gar verstellt. Dennoch sucht sich die Wahrheit immer ihren Weg und wer seine Augen und Ohren offen hält, wird sie schneller, als alle anderen, erkennen."

„Wow, ich bewundere ihr Wissen, Pater Pedro! Vor allem, wie sie viele Tatsachen und Umstände nicht nur erklären, sondern auch belegen können."

„Danke, mein Sohn! Aber wenn du diese Reise vollzogen hast, wirst auch du dich der Wahrheit öffnen und so lange nach ihr suchen, bis du sie gefunden hast. Dein Entdeckerinstinkt führt dich zu neuen Ufern, die für diejenigen, die weiterhin im Nebel leben, unentdeckt bleiben. Du legst deine Vorbehalte und Vorurteile ab und stellst fest, dass der Weg dorthin gar nicht so schwer ist, wie er erst erschien. Das behalte dir gut im Gedächtnis! Es wird dir für die Reise von großem Vorteil sein!"

„Das werde ich tun! Ist mir gewiss eine große Hilfe!"

„Auf jeden Fall, mein Sohn. Doch nun zurück zu den Wanderungen! Wir sind ja noch nicht am Ende! Die nächsten großen Wanderungen begannen durch Kriege und Eroberungszüge, aber auch durch Epidemien, wie die Pest und die spanische

Grippe. Nach dem zweiten Weltkrieg gab es die letzten großen Wanderungen auf der Welt, vor allem der jüdischen Bevölkerung. In den letzten Jahrzehnten hingegen wanderten viele Menschen vom Umland in die Städte, in der Hoffnung auf Arbeit und Reichtum. Sehr stark geschah das in den südasiatischen Ländern, wo heute Metropole stehen, die durch viel Armut unterwandert sind. Großer Nährboden für kriminelle Machenschaften, die sich in den letzten Jahrzehnten stark ausbreiteten. Mittlerweile ein ganzes Netzwerk auf der Welt betreiben. Kartelle, mafiahafte Organisationen, die unsere Gesellschaft unterwanderten und teilweise auch beeinflussen. Bei manchen wächst der Einfluss sogar stetig.

Das Leben hat stets seine Licht- und Schattenseiten und du allein entscheidest, auf welcher der Beiden du leben möchtest! Wo die Ernte heranwächst, gedeiht auch viel Unkraut. Dessen musst du dir immer bewusst sein!"

Elias nickt mit dem Kopf und hört Pater Pedro gebannt zu.

„Nun vollziehen sich weitere große Wanderungen. Menschen aus Kriegsgebieten begeben sich auf die Reise nach Europa. In die Länder, die mit ihren Waffengeschäften jene Kriege beflügelt haben. Wo du Gewalt säst, wirst du Gewalt ernten. Sprich, denen du die Waffen verkauft hast und damit das Unheil ins Laufen brachtest, die werden nun an deiner Türe stehen und wollen von dir entschädigt werden. Oder richten sogar diese Waffen auf dich. Es bleibt natürlich nicht aus, dass andere aus den ärmeren europäischen Ländern mit einwandern und ihren Teil vom Kuchen, wie man so schön sagt, abhaben wollen. Was das allerdings für die geschichtliche Entwicklung jener Länder bedeutet, ist heute noch nicht abzusehen. Wir können nur erahnen und spekulieren, wohin uns das alles führt!"

„Ich habe kein gutes Gefühl dabei." – „Nun, hoffen wir, dass es

sich nicht bestätigt und die Politik in den Ländern ihrer Verantwortung dem eigenen Volk gegenüber bewusst wird. Dennoch ist es für einschneidende Schritte vielerorts bereits zu
spät."

„Das denke ich auch und bin momentan sehr froh, in diesen
Mauern verweilen zu dürfen!"

„Siehst du, mein Sohn, nun bieten sie Schutz und Abgrenzung.
Manchmal kann sie doch von großem Nutzen sein!" Pater Pedro
zwinkert ihm lächelnd zu, was Elias mit einem Schmunzeln
beantwortet.

„Eure Gesellschaft entwickelt sich zu schnell, rast auf der Über-
holspur, so dass der Einzelne oft den Blick für das große Ganze
und für die Wahrheit nicht mehr hat. Er trudelt im Strom der
Masse mit und herum, immer auf den großen Abgrund zu. Denn
seien wir doch einmal ehrlich, gesund ist die Entwicklung der
letzten Jahre gewiss nicht! Es kann nur jeder Einzelne für sich
die Wahrheit erkennen. Sie wird nicht aus der Masse heraus
kommen. Nur wenn mehrere Menschen sich der Wahrheit bewusst werden, kann es sich auf die Masse übertragen."

„Ich werde versuchen, immer offen für die Wahrheit zu sein und
den Entdeckerinstinkt dafür in mir zu entwickeln."

„Das werden aber nicht die letzten Wanderungen der Menschen
auf der Erde sein. Allein hier in Europa wird es interne Wanderungen geben, wenn sich die Urreligionen hier aufzulösen beginnen. Denn wir dürfen nicht außer Acht lassen, dass mit den
immensen Völkerwanderungen der islamische Glaube noch
stärker in Europa Einzug halten wird und etabliert. Was das für
den christlichen oder jüdischen Glauben bedeutet, kann heute
noch niemand absehen. Deshalb werden innerhalb Europas
Wanderungen nicht auszuschließen sein.

Jedoch die größte Völkerwanderung wird dann beginnen, wenn

die Trinkwasservorräte auf der Erde versieden. Dann geht es nicht nur um das Trinkwasser, sondern auch um Nahrung und Epidemien, die durch mangelnde Hygiene erneut zum Ausbruch kommen. Nun gibt es einen Ort auf der Welt, der die reichsten fossilen Trinkwasservorräte besitzt." Pater Pedro schaut Elias fragend an.

„Hmm... Ich weiß es nicht. Ich tippe mal, dass wir uns gerade darauf befinden?"

„So ist es, mein Sohn! Das bedeutet, dass Europa das Hauptziel dieser Wanderungen sein wird. Allein Indien wird zu der Zeit, wenn das letzte Tröpfchen Trinkwasser versiegt ist, mehr Einwohner als China haben. So sind die Prognosen. Das bedeutet, dass sich über eine Milliarde Menschen auf dem Weg nach Trinkwasser und Nahrung machen. Was da noch alles geschehen wird, ist schwer abzusehen."

„Gibt es da eine zeitliche Schätzung, wann das passieren wird?"

„Oh ja, in den kommenden zehn bis fünfzehn Jahren. So sind die Prognosen. Denn die Städte wachsen ständig an, nur das Reservoir an Trinkwasser versiegt mehr und mehr. Natürlich ist man sich der Lage bewusst und sucht nach Alternativen. Wir können nur abwarten!

Aber da wir gerade über Wanderungen sprechen, die Zeit des Abendgebets rückt beachtlich näher und wir sollten uns in Richtung Kirche bewegen!"

Elias lächelt: „Wie sagen sie immer schon schön: Den Herrn sollte man nicht warten lassen."

Pater Pedro lächelt zufrieden und steht auf, reicht Elias die Hand und hakt sich links bei ihm unter.

Vatikanstadt, Menzingers Büro

Menzinger sitzt mit dem anderen Kardinal redend am Schreibtisch, als es an der Tür klopft. Als er um Eintritt bittet, kommt sein Privatsekretär hinein.

„Der fertige Brief, euer Exzellenz!" Er übergibt ihn an Menzinger, wobei der andere Kardinal fragend blickend alles beobachtet.

„Vielen Dank! Sie können dann wieder gehen!", entgegnet Menzinger ihm und nimmt den Brief. Der Sekretär nickt kurz mit dem Kopf, dreht sich um und verlässt dann wieder das Büro.

„Ist es der Brief, den ich vermute?", fragt der Kardinal Menzinger, als der Sekretär aus dem Raum ist.

„Sie meinen an die Benediktiner? So ist es, mein Freund."

„Sie kennen meine Meinung darüber, Menzinger!", sagt er beim Aufstehen. „Verletzen sie nicht die Hierarchie der Kirche! Sie setzen zu viel aufs Spiel!"

„Soll das heißen, dass sie diese Notwendigkeit nicht unterstützen? Sie wissen doch, worum es geht!", antwortet Menzinger, indem er aufsteht. „Wer nichts riskiert, kann die Ziele auch nicht erreichen. Waren das nicht einst ihre Worte?" Er zeigt dabei mit dem rechten Zeigefinger auf ihn.

„Das waren sie, wahrhaftig, da haben sie Recht! Dennoch sollte man genau schauen, wann es sich auch lohnt, etwas zu riskieren! In diesem Fall könnten sie sehr viel verlieren. ...und ich frage mich ernsthaft, ob es das Alles wirklich wert ist!"

„Es geht um die Aufrechterhaltung unserer Institution und all den Lehren, die wir den Menschen über die Jahrhunderte nahe gebracht haben. Auch wenn sie jetzt in scheinbare Gefahr rücken, oder eben genau deshalb! Die Zeit drängt uns immer mehr zum Handeln und wenn wir es nicht tun, wird es entweder jemand Anderes tun oder es wird zu spät sein!"

Der andere Kardinal stellt sich auf die andere Seite des Schreib-
tisches, gegenüber von Menzinger: „Finden sie nicht, dass sie da
ein bisschen zu dick auftragen? Sicherlich haben wir eine Zeit,
in der sich viel verändert. Aber solch eine Institution, wie die
unsrige, braucht sich diesbezüglich keine Gedanken zu machen!
Dazu ist der christliche Glaube viel zu stark auf der Welt verbreitet. Sei er nun katholisch oder evangelisch. Die einzigen
Wogen, die wir glätten sollten, sind da wohl eher die ihrigen!"

„Sie verkennen die Lage, mein Freund! Was mit diesem Vermächtnis ans Licht kommt, wird alles Andere in Frage stellen.
Es wurde sogar davon berichtet, dass die Geschichte der Evolution neu geschrieben werden müsse. ...und wir wissen nur zu
gut, wohin das führen würde! Also kommen sie mir bitte nicht
damit, dass meine Wogen geglättet werden müssten! Wenn wir
nicht langsam handeln, dann kann es eines Tages zu spät sein!"

„Dann lassen sie es uns seiner Heiligkeit vortragen! Dann haben
wir die Möglichkeiten, um die richtigen Schritte zu vollziehen.
Auf eigene Faust, ohne den Opus Del und seine Heiligkeit davon
in Kenntnis zu setzen, ist und bleibt ein Wahnwitz, der uns
unsere Stellungen hier kosten könnte! Das sollten sie sich am
Besten vor Augen halten! Da hilft dann auch kein Wort meinerseits aus! Diesmal nicht mehr! Denken sie noch einmal drüber
nach! Ich kann es ihnen nur ans Herz legen. Wir sehen uns
dann gleich beim Abendmahl!" Der Kardinal verlässt das Büro
und Menzinger setzt sich hin. Nimmt den Brief in die Hand und
reibt sich mit seiner linken Hand das Kinn. Dann öffnet er das
Schubfach in der Mitte des Tisches und schiebt den Brief dort
hinein. Nach einem kurzen Zögern schließt er es wieder und
geht ebenfalls.

Nächster Tag
Elias' Zimmer

„Der letzte Tag also im Kloster, dann geht's los!", bemerkt freudestrahlend der Professor.

„Dann kann das Abenteuer beginnen!", schließt Anne an.

„Hat es nicht schon längst begonnen?", entgegnet Elias. „Immerhin haben wir bereits sehr viel erlebt. ...und nach Pater Pedros Äußerungen kommt es noch dicker!"

„Bisher hat er dir viel interessantes Wissen übermittelt. Wobei ich nicht mit allem übereinstimme. Wie zum Beispiel den Weg des Herzens gehen... Hmm, wie soll das gehen? Ich bin Wissenschaftlerin, für mich zählen Beweise, keine Thesen."

„Nun, Kindchen, das wird dir die Reise schon offenbaren. Sie wird uns vieles abverlangen, auch was unsere Glaubenssätze betrifft."

„Da mögen sie Recht haben, Professor! Dennoch weiß ich auch nicht so wirklich, wie das gehen soll!", antwortet Elias.

„Kommt Zeit, kommt auch das!", beruhigt Lefoé die Beiden. „Ihr solltet euch in Geduld üben und genau dafür werden wir gewiss viel Zeit haben!" Er lächelt zuversichtlich.

„Dann würde ich mal sagen, nach dem Frühstück heißt es Taschen packen und alles für die Reise vorbereiten! Denn das hier war bestimmt der längste Aufenthalt dieser Reise!"

„Qui, Kindchen, da dürftest du Recht haben! Abgesehen vom Endziel unserer Reise. Denn wenn wir den versunkenen Tempel finden, wartet große Arbeit auf uns! Ich erinnere euch daran, dass auf den Goldplatten Hieroglyphen zu sehen waren. Auch wenn wir die Übersetzungen im Tagebuch deines Großvaters haben. So wird es gewiss einige Zeit dauern, bis wir das Vermächtnis übersetzt haben. Aber ganz ehrlich, ich kann es kaum erwarten!"

„Da sind sie nicht der Einzige, Professor!", stimmt Anne in die Euphorie mit ein.

Elias nickt schmunzelnd. „Wir sind schon ein seltsames Team."

„Qui, mein Junge! Oh, pardon! Ein Vater auf Reisen mit seiner Tochter und dem Schwiegersohn." Der Professor lacht und die Beiden stimmen mit ein. „Auf einer großen wissenschaftlichen Entdeckungsreise."

„Dann sollten wir erstmal zum Morgengebet reisen und danach etwas zu uns nehmen!", erinnert Elias die Beiden.

„Oh mon dieu! Muss ich in die Kirche mitkommen?"

„Mitgehangen, mitgefangen, Professor!", antwortet Anne noch lachend darauf. Elias zieht nur grinsend die Augenbrauen hoch.

Klosterkirche

Bruder Michael öffnet das Tor und weist mit einer Handgeste, dass Elias eintreten möge. In der vierten Bankreihe von hinten sitzt Pater Pedro und schaut zum mittleren Altar. Der junge Mönch schließt nach Elias Eintreten das Tor und Pater Pedro erhebt sich und begrüßt ihn.

„Du wunderst dich sicherlich, warum du nun wieder in die Kirche kommen sollst!? Nun, für unseren letzten Tag habe ich mir die zwei wichtigsten Themen aufgehoben. Doch setz dich bitte zu mir!"

Sie nehmen wieder Platz.

„Was glaubst du, mein Sohn, warum gerade die Kirche?" – „Hmm, ich würde sagen, weil wir über Religion und Glaube sprechen?"

„Genauso ist es. Ich weiß auch, dass du diesbezüglich ein wenig durch deine Mutter vorbelastet bist. Wie ich es bei einem Besuch mitbekam, verfolgte sie da gewisse Regeln und auch strikte Rituale, die denen des katholischen Glaubens sehr nahe waren."

„Das stimmt! ...und es hat mich gewissermaßen geprägt. Aber gleichzeitig vermittelte sie mir eine Werteeinstellung, die mir heute größtenteils noch zugute kommt."

„Das ist wohl wahr. Deine Mutter war, so wie ich sie kennen gelernt hatte, eine großartige Frau. Dein Vater liebte sie bis zu seinem letzten Tag. Wir waren beide bis vor knapp zwei Monaten noch in Briefkontakt. Er erzählte darin immer wieder von ihr und welch großen Fehler er damals machte. Nun gut, was geschehen war, konnte er nicht rückgängig machen. Niemand von uns kann es."

„Als ich vor ein paar Tagen noch in seinem Arbeitszimmer stand und ihr Bild mit einer Rose davor auf dem Tisch stehen sah, da fühlte ich, dass er es bis zum Schluss bereute."

„In gewissen Situationen des Lebens, wenn geliebte Mitmenschen abrupt aus dem ihrigen gerissen werden, haben die Menschen oft die Hoffnung, dass plötzlich die Tür aufgeht und dieser Mensch vor ihnen steht. Leider versetzt diese Hoffnung keine Berge. Sie bleibt bis zum Ende ein Trugschluss. Auch wenn der Glaube an etwas Berge versetzen kann. Dennoch ist er in solchen Situationen des Lebens machtlos."

„Ich denke, dass es Vater so ging." – „Das mag sein. Oftmals wissen wir erst hinterher, was wir Wundervolles an unserer Seite hatten oder besaßen. Auch ein Ausläufer der Oberflächlichkeiten in der Gesellschaft. Wenn die Menschen nur wieder lernen würden, tiefer zu blicken, zu den Ursprüngen zurück zu gehen! Dann würdet ihr euch vieles leichter machen. Aber dafür fehlt euch allzu oft die Zeit. Denn ihr müsst ja weiter voran schreiten.

Doch kommen wir zum Glauben und zur Religion zurück! Welche Einstellung hast du dazu, mein Sohn?"

Er räuspert sich und schaut dann Pater Pedro an: „Ich weiß nicht, ob das jetzt so gut ist, sie einem Mönch zu erzählen?"

Pater Pedro schmunzelt: „Wir sind ganz unter uns. Was du mir erzählst, wird allein zwischen uns bleiben. Ich gebe dir ja ebenfalls wichtige Informationen und neue Sichtweisen mit auf dem Weg, damit du die Botschaften der Reise richtig interpretieren kannst und den Weg zur versunkenen Stadt findest. Vielmehr zu ihrem größten Heiligtum, Schatz: dem versunkenen Tempel."

„Das stimmt, Pater Pedro! Verzeiht mir bitte!" – „Alles ist gut, mein Sohn! Es ist nichts Schwertragendes passiert."

„Hmm... Ich persönlich halte nicht viel von der Kirche. Ehrlich gesagt, gar nichts. Wenn man die Ereignisse der letzten Jahre alleine betrachtet, dass Kinder in kirchlichen Internaten misshandelt und geschlagen wurden und am Ende passiert nicht wirklich etwas, dann finde ich das sehr schändlich. Gehen wir geschichtlich zurück, dann hat die Kirche mit der Inquisition willkürlich über Menschenschicksale gerichtet. Wie viele Menschen wurden ermordet, nur weil sie angeblich Ketzerinnen oder Ketzer waren, oder gar Hexen. Dabei waren sie zum Einen, wie die Tempelritter, der Kirche zu mächtig geworden, mal abgesehen vom französischen König. Zum Anderen halfen sie den Menschen bei ihren Krankheiten mit Kräutern und Salben, die sie aus der Natur entnahmen. Sie lebten ihre Gabe, die ihnen mitgegeben wurde und setzten sie zum Wohle ihrer Mitmenschen ein.

Aber auch bei der Eroberung der neuen Welten wurde der christliche Glauben den Menschen oft aufgezwungen. Einheimische Bräuche und Rituale für ihre Jahrtausende alten Götter wurden als Ketzerei dargestellt, oftmals gar verboten. Gerade durch die Konquistadoren bei der Eroberung des süd- und mittelamerikanischen Kontinents wurde damit viel Unheil verbreitet. Abgesehen von dem ganzen Gold und den Frondiensten, mit denen sich die Kirche im Mittelalter bereichert hat. Wer hat das bis heute wieder gut gemacht? Ich finde, dass Menschen glauben können und sollen, an wen und was sie wollen! Aber sie sollten niemals versuchen, einem anderen Menschen dies aufzuzwingen. Der Glaube sollte ein Teil der Freiheit eines jeden Menschen sein. ...und wer an nichts von alldem glaubt, der ist ebenso gleichwertig, wie diejenigen, die an einen Gott glauben. Nicht ungläubig und wertlos. So etwas ist in meinen Augen erhabene Arroganz und richterliches Dasein über seine Mitmenschen. Ich denke, dass dies in keinem Glauben auf unserer Welt wirklich Platz finden sollte!"

„Da gebe ich dir Recht, mein Sohn!" Es herrscht kurze Stille und Pater Pedro schaut zum mittleren Altar der Kirche. Dann fährt er fort: „Der Weg des christlichen Glaubens begann mit der Unterdrückung bis zu Kaiser Konstantin, der ihn zur Hauptreligion reformierte. Unter ihm wurden auch die Briefe und Aufzeichnungen der Apostel ausgesucht, die diesem Glauben eine feste Grundlage gaben. Dabei wurden andere Schriften außer Acht gelassen. Wie zum Beispiel die Briefe des Apostel Petrus, die später wieder entdeckt wurden und deren Inhalt einiges anders wieder geben, als in der Bibel steht. Übersetzungsfehler kamen hinzu, wie die heutigen Wissenschaften bereits herausgefunden haben. Zu den Übersetzungsfehlern auch weitere in der Interpretation. Doch kann man solch ein Werk, welches Jahrtausende alt ist, kippen? Nein, dafür ist es viel zu tief verwurzelt."

„Von welchen Übersetzungsfehlern sprecht ihr?", unterbricht ihn Elias.

„Nun einer zum Beispiel ist sehr weittragend: dass Jesus durch die unbefleckte Empfängnis geboren wurde. Heute fand die Wissenschaft heraus, dass dies ein Übersetzungsfehler war. Dennoch glauben Millionen Menschen auf der Welt daran."

„Wow, das verwirrt mich jetzt doch." – „...und das ist nur einer. Aber dieses Buch ist die Grundlage, das Fundament, des christlichen Glaubens. Die Evangelien in der Bibel wurden damals sorgfältig von Kardinälen und dem Kaiser selbst ausgesucht. Der christliche Glauben sollte zu einer Weltreligion werden und die Bibel zu seinem Leitwerk. Sie wurde in viele Sprachen übersetzt und verkauft sich noch heute besser, als manches Buch. Sie ist der größte Bestseller aller Zeiten. Eben weil der christliche Glauben die Welt eroberte. Auch wenn manchmal nicht unbedingt mit den vorteilhaftesten Methoden.

Dennoch bin ich ganz bei dir, dass der Glaube eine freie Entscheidung eines jeden Menschen sein sollte. Auch wenn dies nicht immer in der Vergangenheit zutraf. Damit meine ich auch jene Zeiten der Kolonialisierungen und die Missionsarbeit in diesen Ländern. Die Kirche hatte sehr lange Zeit eine große Macht und konnte sich, bis auf den Orient und dem asiatischen Raum, sehr stark ausbreiten. Sie beschritt sicherlich nicht immer die richtigen Wege, wie zum Beispiel bei der Inquisition. Aber sie gehörte zur Machtausübung und Etablierung des christlichen Glaubens. Nichts und niemand sollten diesen Glauben erschüttern oder in Frage stellen! Auch wenn dafür auf der anderen Seite ein hoher Preis zu zahlen war. Eingeschlossen dabei auch die Frondienste gegenüber der Kirche und des Adels. Da Menschen am Werk waren, benutzten sie immer gern ihre Macht und stellten sich weit über jene, von denen sie lebten und die sie ausbeuteten. Kommt dir heute sicherlich bekannt vor!"

„Oh ja, das stimmt." – „Die Zyklen wiederholen sich in verschiedenen Bereichen. Sei es beim Glauben, in der Gesellschaft mit all ihren Strukturen oder auch in Hierarchien in verschiedenen Institutionen. Da nehme ich die Kirche nicht aus. Glaube besteht aus Liebe, Hoffnung und Sehnsüchten. Tiefer Demut und auch Dankbarkeit. Er sollte niemals zur Manipulierung dienen oder gar zur Rechtfertigung für Folter und Morde. ...und dabei rede ich nicht vom Mittelalter, sondern auch von heute. Radikales Vertreten und Leben einer Religion hat in der Geschichte stets zu Unheil geführt, zu Kriege und sogar zu Hasskarpaden gegenüber unschuldigen Menschen. Der Mensch hat den Glauben allzu oft missbraucht, seien es die Kreuzzüge gewesen, die Eroberungen Nordafrikas oder auch die Kolonialisierungen verschiedener Kontinente. Der Glaube in seiner reinen Form geht mit der Liebe und Hoffnung Hand in Hand. Er führt den Menschen zu und mit seinem Herzen, wo bekanntlicher Weise die Liebe ihre Wurzeln hat. Du kannst nicht mit dem Verstand lieben! Nur mit deinem Herzen. Dein Verstand ist das Heim deines Egos, genauso ausgeprägt und beschränkt. Die Liebe hingegen ist weit und offen, beschert Freude und wahre Glücksmomente. Sie ist der Schlüssel zur Wahrheit des Lebens, zu seiner Einfachheit und dennoch voll wunderschönen Facetten. Deshalb führt dich der Weg des Herzens auch zur Erfüllung. ...und genau dieser Weg ist der des Glaubens. Ein jeder Mensch glaubt an irgendetwas. Der eine an Gott, der nächste an Allah und andere widerum an Buddha. Der Glaube an sich selbst und an einen anderen Menschen, den wir lieben oder sonst eng mit ihm verbunden sind, ist ebenfalls ein Pfad der Spiritualität. Glaube verbindet, schlägt Brücken und schenkt Liebe und Trost, Freude und Glück. Alles Andere ist eine Auslegungssache, Interpretation des Menschens, der ihn für seine Wege und Taten benutzt. Fern ab von der Wahrheit."

„Das sehe ich zum größten Teil auch so." – „Kein Mensch wird voll und ganz die Meinung eines Anderen teilen. Denn jeder von uns hat eine andere Auffassungsgabe, interpretiert anders oder lässt sich hier und da auch mal von Zweifeln führen. Das ist alles menschlich. Aber genau das sollten wir wieder sein: Menschlich! Voller Liebe und Glaube an das Gute und Schöne! Die Augen öffnen und den Schleier vor ihnen lüften. Die Ängste davor ablegen, was sich dann offenbaren könnte. Die Wahrheit ist nicht immer schön, aber dennoch eine wichtige Grundlage auf dem Weg der Erfüllung!"

„Dafür muss man all das Wissen, was uns beigebracht wurde, all die Manipulationen vergessen. So wie sie es sagten."

„Genau, mein Sohn! Nun musst du nicht alles vergessen, aber Dinge, die dir seltsam vorkommen. Erforsche den Ursprung und du wirst die Wahrheit kennen lernen. Nimm sie an und gehe weiter auf dem Pfad der Klarheit! Denn die Wahrheit verschafft dir die Klarheit zum richtigen Sehen, Denken und Fühlen. Auch wenn sie hier und da den Menschen deiner Umgebung nicht gefällt, oder du dich am Anfang etwas ins Abseits stellst. Bedenke immer, dass sie dem auferlegten Wissen folgen! Den Schleiern den nötigen Raum geben, um sich weiter zu entfalten. Eines Tages werden auf deiner Seite immer mehr Menschen dazu kommen, weil sie deinem Weg gefolgt sind. Weil die eine große Wahrheit ans Tageslicht kommt und sie alle damit konfrontiert. Die großen Lügen werden zerfallen und verweht. Damit ebnen wir Menschen wieder den Weg zum wahren Glauben. Ohne Manipulation und Anhäufung von Reichtum. Sondern mit Nächstenliebe, Herzlichkeit und voller Hoffnungen und Sehnsüchte, die uns auf dem lichten Weg voran führen."

„Da haben wir noch einen weiten Weg vor uns!" – „Das ist wohl wahr, aber dennoch nicht aussichtslos! Denn in jedem Menschen lebt dieser Funken Wahrheit, er muss nur wieder neu entflammt werden! Solange aber radikal auslebende Menschen ihren Glauben mit Macht und Unheil gegenüber anderen Menschen verbreiten, wird dieser Weg mehr und mehr erschwert. Wenn ich durch mein Ableben noch weitere Menschen in den Tod mitnehme, dann lädt sich diese Seele große Schuld auf. Vergrößert damit oftmals noch die eigene, die ja durch den Märtyrertod bereinigt werden soll. Den Weg ebnet ins Paradies. Doch wer unschuldige Menschen mit tötet, der bereinigt nicht, sondern lädt neue, größere Schuld auf. Sprich, verschließt den Weg ins gelobte Paradies. Deshalb führt die radikale Auslebung des Glaubens am Ende nie zum gewünschten Ziele. Wer Gewalt und Tod sät, der wird ihn auch ernten. ...und wie bereits gesagt, hat das mit dem wahren Glauben nichts zu tun. Es ist eine Auslegung und Manipulierung durch die Machtbesessenheit einzelner Menschen, die andere dafür missbrauchen. Der Ursprung ist wichtig und entscheidend, um die Wahrheit zu erkennen. In jeder Situation, Geschichte und Entscheidung, die von Menschen geführt werden. Alles hat seinen Ursprung, seine Wahrheit!"

Pater Pedro erhebt sich. „Wir könnten hier noch Stunden, gar Tage damit verbringen und darüber reden, uns austauschen und gewiss auch diskutieren. Doch so viel Zeit haben wir nicht. Wichtig ist, dass du die Wahrheit mit auf deine Reise nimmst und deine Zweifel besiegst und dich ihrer entledigst. Damit du die Wahrheit auch erkennst und in dir einen Platz schenkst. So wie ich es über all die Jahre getan habe."

Elias steht ebenfalls auf und schaut ihn an: „Ich versuche es bereits seit ein paar Tagen. Natürlich werde ich weiter daran arbeiten!"

„Der Mensch braucht immer Beweise, etwas, das er anfassen kann. Du wirst noch heute die Gelegenheit dafür bekommen.

Auf der Reise ebenso, jeden Tag. Es ist schon seltsam, wie wir Menschen diesbezüglich ausgeprägt sind. Selbstverständlich haben uns unsere Erfahrungen, unsere Erziehung und die Einflüsse unserer Umwelt dorthin gebracht, wo wir jetzt sind. Aber ein jeder Mensch hat die Möglichkeit, die eine Wahrheit zu erkennen und damit sein Leben in die richtige Bahn zu lenken. Du hast sie durch mich erhalten und deine Zweifel werden noch heute für immer verfliegen!" Pater Pedro klopft dabei leicht mit seiner rechten Hand auf Elias linke Schulter.

Vatikanstadt, Menzingers Büro

Der andere Kardinal betritt aufgeregt sein Büro: „Haben sie das von unserem Ermittler gehört?"

„Was für ein Ermittler und vor allem worum geht es?" Menzinger steht vom Schreibtischstuhl auf.

„Na der, den wir nach Mexiko geschickt haben. Er ist, so lautet die Information, erschossen worden. Am Abend des selbigen Tages wurde das Zimmer von Senior Torres bezahlt. Ich habe es gerade von unserem Geheimdienst erfahren."

Menzinger geht auf ihn zu: „Damit ist unser Vorhaben geplatzt. Wir hatten ihn cleverer eingeschätzt. Doch Torres hat den Plan durchschaut."

„Oder wurde darüber informiert." – „Nur von wem?"

„Vielleicht durch ihn selbst, weil er hoffte, sich damit reinzuwaschen!", bemerkt der andere Kardinal.

„Das wäre möglich. Damit bleiben die fünf Bücher weiter in seinem Besitz. Was natürlich weniger erfreulich ist! Wir können nur hoffen, dass er mit den Schriften nichts anzufangen weiß, sie nicht versteht!"

„Das zu glauben, wäre mehr als naiv! Dann hätte er sie nicht in

seinem Besitz. Ich wollte ihnen nur kurz die Nachricht überbringen. Wir sehen uns nachher beim Konzil! Ich muss weiter!"

„Danke, danke, mein Freund! Ich weiß es zu schätzen! Vielen
Dank!"

„Schon gut, Menzinger! Denken sie daran: Wenn es so sein soll,
finden wir den richtigen Weg!" Dann verlässt er das Zimmer.

„Mögen seine Worte in den Gehörgängen des Herrn Widerhall
finden!" Er schüttelt den Kopf und setzt sich wieder an seinen
Schreibtisch. Mit gespitztem Mund starrt er eine Weile auf das
Telefon. Dann öffnet Menzinger das Schubfach und nimmt den
Brief heraus. Er liest die Adresse, reibt sich kurz sein Kinn und
nimmt dann den Hörer ab, bittet sein Privatsekretär ins Zimmer.

Kurz darauf steht er vor dem Schreibtisch: „Euer Exzellenz
haben nach mir gerufen! Was kann ich für sie tun?"

„Bringen sie den Brief zur Poststelle, damit er heute Abend noch
auf Reisen gehen kann!"

„Sehr gern, euer Exzellenz!" Er nimmt den Brief und wartet
noch einen kurzen Augenblick.

Menzinger schaut ihn fragend an: „Das war alles! Oder gibt es
noch etwas?"

„Nein, euer Exzellenz. Ich bringe den Brief gleich dorthin." -
„Sehr gut! Vielen Dank!"

Der Privatsekretär verlässt den Raum. Menzinger steht auf und
schaut aus dem Fenster. *Schauen wir doch einmal, ob das vielleicht der richtige Weg ist! Manchmal muss man dem Glück ein
wenig auf die Sprünge helfen!*

Klostergarten, am Nachmittag

Pater Pedro sitzt mit Elias auf einer Bank am kleinen Brunnen in der Mitte des Gartens.

„Wir haben bereits heute Vormittag über die Liebe und die Wahrheit gesprochen, die wir im Glauben an sich wieder finden können und sollten. Jetzt möchte ich mit dir über die Liebe und Vergebung reden. Der Liebe zu sich selbst und natürlich zu anderen Menschen."

„Ein nicht gerade einfaches Thema, da ich vor einiger Zeit erst eine Scheidung hinter mir hatte."

„Einen jeden Neuanfang begleitet ein Hauch von einem gewissen Zauber. Menschen finden sich und gehen auch wieder auseinander, weil die Liebe versiegte oder ihre Lebenswege auseinander gingen. Es gibt viele Gründe. Doch was ist Liebe eigentlich?"

„Hmm... Eine gute Frage! Momentan bin ich dafür wohl der falsche Ansprechpartner."

Pater Pedro schmunzelt. „Dennoch sitzen wir zwei hier und reden darüber, niemand anderes. Ich möchte dir die Liebe an Hand einer Blume veranschaulichen:

Wenn zwei Menschen sich begegnen und eine gewisse Zuneigung zum Anderen verspüren, dann beginnt eine ruhende Knospe einer Rose sich weiter zu entwickeln. Desto mehr diese zwei Menschen Zeit miteinander verbringen, umso größer wird diese Knospe und beginnt aufzuspringen. Sie versinnbildlicht die Liebe, die zwischen Beiden mehr und mehr wächst. Das aneinander Denken, wenn man sich nicht sieht, ist wie das Wasser, das die Blume zum Weiterwachsen benötigt. Dann kommt der Zeitpunkt, wo diese Zwei einen gemeinsamen Weg beginnen und die Knospe geht auf und eine wunderschöne Rose beginnt zu erblühen. Nun liegt es an Beiden, diese Rose zu pflegen und die Pflanze zu gießen, damit sie nicht verblüht. Das bedeutet nichts anderes, als dass die Liebe jeden Tag aufs Neue gepflegt werden muss. Nur wenn beide diese Rose pflegen, wird sie nie aufhören zu blühen. Sollte aber einer der Beiden beginnen, den Anderen zu vernachlässigen und damit die Rose, wird sie mehr und mehr verwelken, bis alle Blätter zu Boden gefallen sind. Du kannst diese Blume nicht wieder zum Leben erwecken, denn es gibt keine Blätter mehr an der Blüte, die ihre Schönheit zurückbringen könnten. Wenn diese zwei Menschen sich trennen, dann wird die verblühte Rose von der Pflanze entfernt. Die Liebe ist ein Feuer, das ihr Menschen täglich nähren müsst! Sonst werden aus den lodernden Flammen nur kleine glühende Kohlestückchen. ...und irgendwann ist dann auch diese Glut erloschen."

„Das sind zwei sehr schöne und treffende Metaphern. Bei uns Beiden war ich wohl derjenige, der sich zu wenig um diese Rose gekümmert hat."

„Du bist viel in der Welt umhergereist und damit deiner Arbeit nachgegangen. Das bedeutet aber nicht, dass die anderen Knospen für immer ruhen müssen. Vielleicht kommt ja schon bald eine weitere Frau in dein Leben, die mit dir zusammen eine neue Knospe zum Leben erweckt und ihr daraus eine weitere, wunderschöne Rose entstehen lasst! Du weißt doch, mein Sohn, die Hoffnung stirbt immer zuletzt!"

Elias schaut zum Boden und lächelt verwegen. Fast ungläubig.

„Doch ich fragte mich oft, ob ihr in eurer Gesellschaft überhaupt die wahre Liebe kennen gelernt habt? In Zeiten der Selbstkontrolle und des Kontrollwahns gegenüber Anderen und über seine eigenen Gefühle! So viele von euch kennen nicht einmal den Weg zu ihrem Herzen. Ich habe einige davon hier im Kloster kennen gelernt. Ein paar waren verliebt, meinten, sie hätten diesen Menschen sicher, weil er sie ebenfalls liebte, und suchten nach etwas Besserem weiter. Andere wiederum dachten glücklich zu sein und die andere Person zu lieben. Auf meine Frage hin, was denn das Herz dazu sagen würde, schwiegen sie nur. Dann fand ich Menschen, die in einer Beziehung waren, welche von Hassliebe geprägt war. Sie konnten nicht miteinander, aber auch nicht ohne den Anderen. Wenn sie zusammen waren, dann stritten sie sich nur. Kaum waren sie getrennt, so verspürten sie eine große Sehnsucht nach dem Anderen. ...und dann gab es noch jene, die meinten, eine glückliche Beziehung zu führen, sogar Kinder daheim hatten, und kaum waren sie allein in einer anderen Stadt oder gar auf der Arbeit, gingen sie fremd. Verschaffen sich falsche Alibis, um damit eine reine Weste vor der Partnerin oder dem Partner zu haben. Weil sie dort das ausleben konnten, was daheim nicht möglich war. Oder nur der Kick allein den großen Reiz ausmachte. Ich spreche dabei noch nicht von jenen Mitmenschen, die ihre Süchte ausleben oder ihren Schutthaufen, den sie Leben nennen, gern in einer Beziehung weiter reichen und erwarten, dass die Partnerin oder der Partner sich darum kümmern. Da frage ich dich: ist das wirklich gesund, was ihr da macht?"

Elias schaut ihn jetzt an: „Nicht wirklich. Das ist schon ziemlich krank."

„Das sehe ich auch so. Die wahre Liebe zeichnet sich nicht durch derartige Verhaltensweisen aus. Sie geht mit Treue, tiefem Vertrauen und Respekt Hand in Hand. Demut und Dankbarkeit sind weitere Begleiter. Jene, die von Herzen aufrichtig lieben, genießen jeden gemeinsamen Augenblick, ganz gleich, wie lange er dauert. Sie tragen sich gegenseitig im Herzen, denken oft einander und erleben jeden dieser Momente mit Freude und Glück. Es ist ganz gleich, wie groß der Altersunterschied dabei ist, welche Vergangenheit die andere Person hatte. Geheimnisse werden gelüftet und bilden ein weiteres Band zwischen den Beiden. Die wahre, aufrichtige Liebe kennt keine Kompromisse, sie ist leicht und kennt weder Schmerzen noch Leid. Beide Menschen bringen sich Stück für Stück weiter voran. Ihre Seelen verschmelzen zu einer und ihre Herzen sind das Tor, in der sie Einlass findet.

Das mag dir jetzt alles wie eine Seifenoper erscheinen, aber genau das ist wahre Liebe. Deshalb frage ich mich oft, ob ihr sie in eurer Gesellschaft kennt und wenn es Einige unter euch gibt, die dieses Privileg besitzen, sind sie bereit es auch anzunehmen und zu leben? Immerhin heben sie sich damit von der großen Masse ab. Euch werden diese Werte aufgezeigt und sie helfen euch, die Schleier vor euren Augen zu verlieren."

„Es klingt schon, wie aus einem Märchen oder einer Liebesromanze im Kino. Aber das zu erleben, ist, denke ich mal, nicht nur ein großes Privileg. Sondern die Erfüllung der Träume und Wünsche, die man in sich trägt. Wer sehnt sich nicht nach einer tollen Beziehung, in der man sich auch mal fallen lassen, anlehnen und die Zeit genießen kann! Es ist wie ein Ausstieg aus dem Alltagsleben."

„Deshalb spricht man bei den Verliebten auch von einer rosaroten Brille. Dennoch geht ihnen vieles leichter von Hand, kommen sie besser und schneller voran, als alle Anderen. Die Freude und das Glück, welches ihnen das Leben beschert, lassen all den Druck und die Zweifel verschwinden. ...und genau deshalb sind sie so erfolgreich. Selbst kleine Rückstöße verkraften sie viel leichter, als ihre Mitmenschen. Die Liebe vermag sehr viel zu verändern: Menschen und ihre Charaktere, gesundheitliche Umstände und auch seelische Probleme. Letztere sind öfter die Ursache für viele Krankheiten. Doch durch die Liebe, die Geborgenheit und dem Gefühl, dass ein weiterer Mensch zu einem steht und an die eigene Kraft und Stärke glaubt, mobilisiert die eigenen Selbstheilungskräfte."

Pater Pedro steht auf und geht zum Brunnen. Elias folgt ihm. Dann hält der Pater seine Hand in das kristallklare Wasser: „Ein jeder von uns hat seine Geschichte, die er allein geschrieben hat. Nicht jedes Herz ist so rein und frei von Narben, wie dieses Wasser, das aus einer Bergquelle entspringt. Wir sind alle einmal Wege gegangen, die wir heute nie mehr beschreiten würden. Haben Dinge getan, für die wir uns heute schämen oder gar verurteilen. Aber sind wir deshalb schlechte Menschen, haben eine schwarze Seele?" Er nimmt die Hand aus dem Wasser und zeigt sie Elias: „Nein, das sind wir nicht. Ein jeder Mensch verlor sich bereits einmal, ging Irrwege entlang, oder gar an der Klippe zum Abgrund. Andere fielen hinein und niemand war da, um sie aufzufangen und ihnen zu helfen. Wer die Finsternis kennt, weiß das Licht zu schätzen. Oder sollte es immerhin. Denn Licht bedeutet Wärme und Liebe, Geborgenheit und Respekt, Vertrauen und Glück. Die Finsternis hingegen ist kalt und leer. Wenn sie deine Ader durchläuft, dann gefriert dein Blut. Deine Augen verlieren ihren Glanz und schauen starr und regungslos drein. Deine Gefühle verlieren sich und du agierst scheinbar wie ein Roboter, kaltherzig und egozentrisch. Doch was du aussendest, das kommt zu dir zurück. Das Gesetz der Resonanz. Also ziehst du noch mehr davon in dein Leben und die Klauen der Finsternis verschlingen dich mehr und mehr. Ist das ein lebenswertes Dasein?" Er schaut Elias fragend an.

„Wahrhaftig nicht! Dennoch ist es vielen Menschen gewiss nicht unbekannt."

„Ich habe selbst solche Menschen getroffen. Eine jeder mit seiner Geschichte. Einige von ihnen hatten Anderen Leid zugefügt, ihre Leben damit sogar verändert und geißelten sich jetzt selbst dafür. Natürlich ist das nicht etwas, was man mit einer kurzen Entschuldigung aus dem Weg räumen kann. Aber auch hier musst du zum Ursprung zurückkehren, um zu erfahren, warum sie so gehandelt haben. In jener Situation hielten sie es für richtig, wurden durch Emotionen dahin gelenkt, oder wussten es auch nicht besser. Weil ihnen einfach die Lebenserfahrung fehlte. Sie agierten für andere Menschen und führten damit nicht nur Anderen Leid zu, sondern ebenfalls sich selbst. Im Nachhinein weiß der Mensch immer alles besser. Natürlich, weil er aus seinem falschen Handeln seine Lehren zieht. Fehler müssen gemacht werden, um daraus zu lernen. Selbstverständlich möchte ich es nicht verharmlosen, wenn man anderen Menschen großes Leid zugefügt hat. Aber sie stellten mir oft die Frage, ob diese Schuld jemals wieder von ihren Schultern genommen wird? Sie sich selbst auch vergeben können?"

„Berechtigte Fragen. Ich denke, dass dies möglich ist. Es hängt wohl davon ab, wie sie ihr weiteres Leben gestalten. Oder sehe ich das falsch?"

„Absolut richtig, mein Sohn! Ein jeder Mensch hat die Geschicke seines Lebens in seinen Händen. Ein jeder schreibt sein eigenes Drehbuch. Nun kann man Vergangenes nicht ungeschehen machen. Was passiert ist, ist passiert! Aber man kann selbst die große Chance darin sehen, sein Leben dem Licht zuzuwenden und in Liebe und Respekt mit anderen Menschen umzugehen. Wer dem Abgrund den Rücken zuwendet, der richtet sein Blick zum Licht. Wer aber in die Finsternis schaut, wird von ihrer Macht angezogen. Der Blick in den Abgrund kann süchtig machen und man merkt nicht, wenn man fällt."

Sie gehen zum Ausguck des Klostergartens. „Wenn sie ihr Leben so verändern, dass sie anderen Menschen helfen, sich ihnen öffnen und in Liebe handeln, so können sie ihre Schuld abbauen. Sich von der schweren Last selbst befreien. Ich kenne Schicksale, wo Menschen früher solch finstere Irrwege gingen, dass sie eingesperrt werden mussten. Heute helfen sie Anderen als Seelsorger, oder wurden sogar Pastor. Das soll jetzt keine absolutistische Schuldbefreiung sein, aber es verdeutlicht, wie sehr sie die Fehler erkannt haben und bereit waren, ihr Leben zu verändern. Ihre Fehler durch ihr neues Handeln wieder gut zu machen. Es kommt immer darauf an, wie du mit deinen Mitmenschen umgehst und ihnen gegenübertrittst!"

Sie schauen zusammen ins Tal. „Das Licht öffnet dir Tore, wo du vorher nur Mauern fandest. Die Liebe eröffnet dir so viele Wege, vor allem dem zu deinem Herzen. Wenn du sie gehst, dann kannst du dir eines Tages dein Handeln vergeben. Wie schon gesagt, solltest du dabei immer bedenken, dass es zu dem Zeitpunkt für dich richtig erschien! Oder du keine andere Möglichkeit gesehen hast, weil dir entweder die Erfahrung fehlte oder du zu sehr in diese Sache involviert warst. Alles hatte einen Grund, einen Ursprung. Den solltest du dabei nie aus den Augen verlieren! Jedes Leid, das du Anderen zuführst, kommt tausendmal stärker zu dir zurück. Wenn du aber bereit bist, diesen Pfad des Leides zu verlassen und dich auf die Seite der Liebe, des Helfens und der Zuneigung stellst, so ebnest du dir selbst den Weg zur Vergebung. Du solltest ihn dabei nicht verlassen!"

„Das heißt, dass sie sich eines Tages vergeben konnten oder können?"

„So ist es, mein Sohn! Das Leben ist viel zu kostbar, als es sich selbst zu erschweren! Schuld musst du abtragen, das steht außer Zweifel. Aber wenn der Tag gekommen ist, und du spürst es, wenn der richtige Zeitpunkt naht, dann solltest du bereit sein, die eigene Mauer einzureißen und dir selbst den Weg zu deinem Herzen erlauben und dir vergeben. Der Weg des Herzens ist der

Weg der Liebe, des Respekts, voll Dankbarkeit und Demut und mit Vertrauen zu dir und jenen Menschen, die du liebst. Er eröffnet dir die Wege, die dir das Leben der Erfüllung schenken."

„Wow, weit tragende Worte und doch schlüssig für mich."

„Das Leben steckt voll Poesie, du musst sie nur für dich wieder finden! Es ist so facettenreich und wunderschön, so, wie Mutter Natur selbst. ...und der Weg der Liebe ist der Weg der Wahrheit. Denn die wahre Liebe wird durch authentische Gefühle getragen. ...und in wahre Liebe steckt ja auch das Wort Wahrheit drin."

„Das stimmt." – „Der Weg der Wahrheit, des Lichtes, eröffnet dir neue Horizonte, so, wie dieser Ausguck die Klostermauern scheinbar durchbricht. Das wirst du auf deiner Reise des Öfteren erleben. Damit bin ich soweit am Ende der Lehren, die ich dir auf diese Reise mitgeben kann. Alles Andere wirst du auf ihr, werdet ihr Drei selbst erfahren. Bedenke immer: Es geht nicht nur um das Vermächtnis der Menschheit, sondern vielmehr um dein Eigenes, das tief in deinem Inneren verborgen liegt. Dies zu entdecken, ist die größte Aufgabe im Leben eines jeden Menschen. Es ist sicher nicht von Finsternis geprägt, sondern immer voll Licht und Wärme, Liebe und Respekt. Mit all dem, was du dir selbst entgegen bringst.

Ihr habt in eurer Gesellschaft oft die Wege der Finsternis beschritten, seid in den Abgrund gestürzt und euch wurde wieder hinaus geholfen. Nun ist es an der Zeit, dass ihr den Blick zum Licht wendet und dessen Wege beschreitet. Hinein in das neue Weltenjahrtausend, dem Zeitalter der Liebe, Harmonie und des Friedens."

Die Glocke läutet zum Abendgebet. Pater Pedro schaut zum Kirchturm und dann mit einem Lächeln zu Elias: „Heute Abend noch werden deine letzten Zweifel verweht. Dann seid ihr bereit für das Abenteuer eures Lebens."

Klosterkirche, am Abend

Der Abt bat die Drei nach dem Abendessen, ihm zu folgen. Jetzt stehen sie vor dem Tor der Klosterkirche. Während der Abt das Tor aufschließt und öffnet, schauen sich die Drei fragend an. Was sie dann beim Eintreten in die Kirche sehen, verschlägt ihnen den Atem:

Das rötliche Abendlicht fällt durch die Fenster in die Kirche und taucht ihr Inneres in ein mystisches Licht. Welches durch das leuchtende Kreuz auf dem vorderen Altar ergänzt wird. Unter dem Altar strahlt ein starkes Licht, welches den Tisch mit einem Schein umhüllt. Das Kreuz über dem hinteren Altar ist in vier Teile auseinander gezogen worden. Wobei am oberen Teil noch die Dornenkrone der Jesusfigur befestigt ist. Die Jesusfigur schwebt frei im Raum, so als habe sie sich der Last des Leides entledigt. Sie wirkt jetzt, als würde sie zum Himmel aufsteigen. Der Altarsockel ist um einen halben Meter angehoben und die Stützwände um ebenfalls einen halben Meter zu beiden Seiten verschoben.

Der Abt schließt das Tor zu, während dem Professor eine Bemerkung über die Lippen rutscht: „Ich habe immer gewusst und gesagt, dass hier etwas nicht stimmt!"

Bruder Johannes lächelt nur und weist ihnen den Weg zum hinteren Altar. Die Drei folgen schweigend und gehen links um den Altarsockel herum. Da offenbart sich ein Treppengang nach unten. Der Abt geht auch hier voran. Elias spürt man die Nervosität direkt an.

Heute Abend werden all deine Zweifel verweht., schießt es

durch seinen Kopf. *Wohin führt er uns?*

Als sie die kleine steile Treppe hinuntergehen, erkennen sie einen Gang. An den Wänden hängt jeden Meter eine kleine goldene Laterne, in der eine Kerze brennt. An den Wänden des Ganges sehen sie verschiedene Sternenzeichen und Sternenkonstellationen. Dann kommen sie zum Eingang der Krypta. Die Tür aus dickem Holz ist mit Hieroglyphen und einem Baum versehen.

Vermutlich der Lebensbaum, oder der Baum des Lebens aus der Bibel. Aus dem Garten Eden., kreist es Elias wieder durch den Kopf.

Der Abt atmet tief durch und schaut die Drei prüfend an. Dann klopft er viermal an die Tür, bevor sie sich öffnet. Was sie dann sehen, stellt allen vorherigen Prunk des Klosters in den Schatten:

Zur linken Seite ein wandgroßes Gemälde, in einem breiten, reich verzierten Goldrahmen gebettet, auf dem Atlantis zu erkennen ist. Im Zentrum der Inseln jene, auf der der Tempel stand. Mit dem Zugang zu den Hallen von Amenti, die die untere Hälfte des Bildes ausfüllen. Die Hallen des Lebens und des Todes, getragen von einem schwelenden Feuer. Im Zentrum der Hallen ein starker Lichtstrahl, um den schwache Menschen sitzen und vom Licht berührt werden. Ein sehr real wirkendes und gleichzeitig mystisches Bild. Zur rechten Seite die große Pyramide von Gizeh mit der Sphinx davor, ohne jedoch den anderen Pyramiden. Von ihrer Spitze aus geht ein Lichtstrahl zum Himmel hinauf und jeweils einer nach links und rechts schräg zur Seite. Unter der Sphinx ist eine Halle dargestellt, in der ein UFO-ähnliches Gefährt zu sehen ist, drei leere Räume und ein weiterer Gang hinunter zu den gleichen Hallen, wie auf dem gegenüberliegenden Gemälde. An der Decke der Sternenhimmel mit dem Tierkreiszeichen, ebenso von einer goldenen Zierleiste umrahmt.

In der Mitte des Raumes, umringt von vier großen, goldenen Leuchtern, auf denen je eine Kerze brennt, ein reichlich verziertes und vergoldetes Podest in der Form eines Schiffsbugs. Darauf ein Ambo, ein Pult, in Form eines Baumes. Ebenfalls vollkommen vergoldet. Seine Äste tragen eine Ablage, auf der ein dickes großes Buch liegt, in Leder eingebunden und mit goldenen Verzierungen versehen. Das Geländer des Podestes ähnelt dem eines Schiffes und ist ebenfalls vergoldet. Der Bug zeigt zum Altar, dem Prunkstück der Krypta.

Auf einem goldenen Sockel ist eine gehende Jesusfigur dargestellt. Ganz anders, als man es aus den christlichen Kirchen gewohnt ist. Die Figur ist aus Gold und sein Gewand aus Elfenbein. Dem Betrachter hält er die Hände entgegen, als wolle er sie ihm reichen. Auf dem Gemälde dahinter sind die zwölf Apostel zu finden, sechs zu jeder Seite der Jesusfigur, ebenfalls gehend. Dahinter im Zentrum Maria Magdalena. Darüber die weiße Taube in einem starken Lichtschein, das Symbol des Heiligen Geistes. Schaut man auf das Gesamtwerk, so hat der Betrachter den Eindruck, dass Jesus und seine Jünger auf ihn zukommen. Die Fischer, die den Neuankömmling begrüßen. Das Altargemälde hat einen prunkvollen goldenen Rahmen, auf dem acht Engel eingearbeitet sind. Ihre Körper sind aus Elfenbein und ihre wehenden Schals reihen sich golden in den Rahmen ein. Am Fuße des Rahmens geht er links und rechts auseinander und umringt noch vier weitere Objekte des Altars, zwei auf jeder Seite. Es sind smaragdgrüne Tafeln, auf denen Hieroglyphen eingraviert sind. Vier Tafeln der zwölf Smaragdtafeln des Thoth, gebettet in den prunkvollen Goldrahmen des Altarbildes. Davor je ein goldener Leuchter, auf denen je eine Kerze brennt.

An der Decke hängt eine ovale goldene Lampe, die einem Flugobjekt ähnelt und an deren mittlerer Rand mehrere kleine Lämpchen leuchten.

Die Drei sind sprachlos und schauen den Innenraum genau an. Pater Pedro steht links vom Podest und lächelt zufrieden. Der Abt beobachtet alles akribisch aus dem Hintergrund.

„Tretet näher meine Freunde!", unterbricht Pater Pedro die Stille. Die Drei bleiben vor dem Podest stehen und der Abt spitzt seinen Mund.

Pater Pedro weist Elias mit einer Handgeste an, das Podest zu betreten, was er befolgt. Er geht an den Ambo heran und erkennt nun die goldene Schrift auf dem ledernen Deckel des Buches. In großen Buchstaben steht der Titel LEGATUM geschrieben.

Das eine wahre Buch, nach dem alle wohl suchen., wird es ihm in dem Moment bewusst. Er steht nun davor.

„Nun, mein Sohn, sind all deine Zweifel verweht.", bemerkt Pater Pedro zufrieden.

Elias legt seine linke Hand auf den Buchdeckel und schaut dabei den Pater an.

Anne und Professor Lefoé halten sich seitlich im Arm und beobachten die Szenerie aufmerksam und ergriffen. Nur der Abt strahlt weiterhin Kühle und Distanz aus, bleibt im Hintergrund.

Pater Pedro lächelt Elias an und nickt ihm zu. Dann öffnet Elias den Deckel des Buches und schaut auf eine reich verzierte Titelseite...

Fortsetzung folgt!

LEGATUM II - Die Reise

LEGATUM – DIE TRILOGIE

DENNIS DI MARIO

LEGATUM

-DAS VERMÄCHTNIS-

„NICHT JENE DINGE,
DIE WIR SEHEN,
VERÄNDERN DIE WELT.
SONDERN JENE,
DIE WIR FÜHLEN.“

DENNIS DI MARIO
-DM-

Copyright by Dennis di Mario, 2015

1. Ausgabe

Herstellung & Verlag: BoD-Books on Demand, Norderstedt

ISBN-Nummer: 9783738649147